「この国を、いえ世界を……救ってください」
命を狙われていた少女
ラミア
メイド服のAランク冒険者
シャーリー

「死ね！　哀れな人間どもよ！」
世界最大規模の神党を持つ
太陽神 フレイヤ
「いくぞフレイヤ神！」
未知のスキルを持つ青年
アルフ

「ところで、さっきはお名前を聞きそびれてしまいましたね。
もう一度お聞きしてもよろしいですか？」
「そ、その……えっと。
自分の名前ですが、忘れてしまいました」
「も、もしかしてさっきの戦いで
頭を打ってしまいましたか……？
それは大変です、すぐに診てもらわないと……!!」
「さあ、しゃきしゃき歩いてください！
私がリードしますから！」

外れスキルだからと追放された《∞《むげん》チートアビリティ》が強すぎて草も生えない件

〜偶然助けた第三王女にどちゃくそ溺愛されるし、前よりも断然楽しい生活送ってます〜

どまどま

ぶんか社

CONTENTS

第一章　外れスキル所持者、追放される

1

「アルフ！　貴様は本日をもって、我がレイフォート家を勘当とする！」

「え……？」

一瞬、父から告げられた言葉の意味がわからなかった。

「勘当って……？　何を言っているのですか父上!?」

「ふん。愚か者めが。貴様は言葉すら理解できぬのか」

レイフォート家。その屋敷の一室にて。

ソファにふんぞり返った父――ファオス・レイフォートが、明らかな侮蔑の視線を俺に向ける。

対する俺は、ただひたすら父の前で恐縮しているだけ。片膝を地面につけ、頭を上げることさえ許されない雰囲気だ。

一方で、弟のベルダ・レイフォートは違う。父の隣でニヤニヤと俺を見下ろし続け、明らかに俺を馬鹿にしているのがはっきり伝わってくる。

長男たる俺だけ、この不当な扱い。

受け入れがたいことではあるが、こうなってしまった以上、仕方のないことだった。

「いくら愚か者とて、わかっているだろう。アルフよ」

父の鋭い目つきが俺を捉える。

「貴様のあのゴミのようなスキル……。ん〜、なんという名前だったか？」

「――《∞《むげん》チートアビリティ》です」

「そうか《∞チートアビリティ》か。あまりに馬鹿馬鹿しいスキルでな、私としたことが忘れてしまったわ」

「…………」

スキル。

それは誰もが十八歳の誕生日に授かるもので、原則的に一人につき一つ、スキルを持っているものだ。

これは後から取り替えられないもので、いわば才能とも言い換えられる。

だから十八歳の誕生日には誰しも浮き足立つわけだが――俺が授かったスキルは《∞チートアビリティ》。

∞……つまり無限の意味は理解できるが、しかし《チートアビリティ》がいったい何を指しているのかが全然わからない。

魔法か。

もしくは特殊な剣技か。

俺も色々と試してみたが、しかしスキルの効果は今もって不明なままだ。

本来はスキル名を声に出して唱えるか、胸のなかでスキル名を思い浮かべれば効果が発動されるはず。

しかしそれによって引き起こされる変化は、次のメッセージが視界に表示されるだけ。

使用可能なチートアビリティ一覧

・なし

そう。

《∞チートアビリティ》という大層なスキル名でありながら、それは完全な見掛け倒し。

実際にはなんの能力もない、いわゆる外れスキルというやつだった。

そのことが、父は本当に気に喰《く》わなかったのだろう。

「アルフ。聖なる《剣帝《けんてい》》の一家に生まれておきながら、よもや外れスキルなどを授かってしまうとはな。それだけをとっても、貴様が私の血を引いていないことがよくわかるだろう」

父の言うように、レイフォート家は《剣帝一家》として世間に広く知られている。代々剣にまつわる強力なスキルを授かることで、その戦闘力を買われ、国の要職《ようしょく》に就いてきたのだ。

だからこそ王族や貴族とも結びつきが強く、ここヴァルムンド王国でも有名な一族として名を馳《は》せている。

ゆえに、十八歳の誕生日には強力なスキルを授かることは絶対。

たとえ天地がひっくり返ろうとも、高名なるレイフォート家の跡継ぎが、外れスキルを授かることだけは避けねばならなかった。

——なのに俺が授かったのは、なんの能力も発揮しない《∞チートアビリティ》。

父が俺を見限ろうとするのも、ある意味で当然と言えた。

その点、弟のベルダは違う。

授かったのは《神聖剣《しんせいけん》》というスキルで、それは大いに父に喜ばれたものだ。

これはかつて先祖が授かったスキルとされていて、巨大な魔物を一撃で屠《ほふ》ったり、かと思えば味方を回復させるための魔法も覚えたり……まさに攻守ともに完璧なスキルだった。

——強力なスキルを貰《もら》えることは確定しているようなもの。それまでの期間を無駄にすることのないよう、今のうちから剣技を磨いておきなさい——

レイフォート家では代々そんな教えが伝わっている。

だからスキルを授かるまでの十八年間も、俺は遊び呆《ほう》けることなく、父とともに厳しい修行を耐え続けてきた。

俺のほうが二年早く生まれたこともあって、昔はベルダより俺のほうが強かった。

ベルダも頑張り屋ではあるんだが、ここぞという時にサボってしまう癖がある。そこもまた、兄弟で差が開いた要因と言えた。

けれど彼が《神聖剣》を授かってからその立場は逆転し、今ではもう、俺はベルダの足元にも及ばない。

彼が欠伸《あくび》しながら適当に放った剣技でさえ、致命傷になるレベルの大ダメージを負うようになってしまったのだ。

そんな日々において、父ファオスの態度が徐々に冷たくなっているのは感じ取っていた。

「でもさすがに、勘当はあんまりではありませんか……？」

おそるおそる反論した俺に向けて、父ファオスがぎろっと睨《にら》みつけてきた。

「ひどい？　何がだ？　ワシはおまえに莫大《ばくだい》な投資をした。にも関わらず、親の期待に報いようともしていないではないか。——むしろ外れスキルを授かってから、二年もおまえを養ってきたことを感謝してほしいものだが」

「そうだアルフ、てめぇはレイフォート家の恥さらしなんだよ！」

父の発言を援護する形で、ベルダも俺に罵声を浴びせてくる。

「弱い奴《やつ》がいるだけでウチの評判が下がる……父上がずっと心を痛めていたのを気づいていないのか！」

「ベルダ……。おまえは強いだけでなく、心優しき一面もあるのだな」

「は！　もちろんですよ父上！　アルフとは違います！」

昔は《兄上》と慕っていたはずのベルダが、最近では俺を呼び捨てにしてきている。

このことをフォオスは咎《とが》めるどころか、なぜか感動している始末だ。

「ベルダ……。驚いた。おまえは本当によくできた息子だよ。それに引き換えアルフ、貴様という者は……」

駄目だ。

これ以上何を言っても聞き入れてもらえそうにない。

俺を追放するまでに二年かかったのも、十中八九、世間体のためだろう。いくら俺が外れスキル所持者になってしまったとはいえ、それだけで勘当するとなると、レイフォート家の評判が落ちてしまうのは想像に難くない。

しかしベルダが《神聖剣》を授かったことで、その状況は変わった。

本来ならベルダのように強力なスキルを貰えるはずだったのに、俺はそうならなかった。つまりおかしいのは俺のほうであり、本当はレイフォート家の血を引いていない異端児。つまり勘当されて当然の能無し野郎。

少々乱暴だが、このような屁理屈を唱えられるようになってしまったのだ。

現に今も、父は腫《は》れ物を扱うかのように俺を見下し――ベルダも相変わらずニヤニヤ笑いを浮かべているのみ。

「父上、ベルダ……」

俺はすっと瞳を閉じる。

頼もしかった父上との思い出。

両親に隠れながらベルダと鬼ごっこに興じていた日々。

鮮やかで楽しかったはずの記憶が蘇《よみがえ》り、ぎゅうっと胸が締め付けられるような切なさを抑えつけながら――俺はすっと立ち上がった。

「俺が出ていけば……それでいいんですね？」

「何度も言わせるな。さっきからそう言っているだろう。とことん不出来な息子だな」

「アルフ。てめぇがいなくなっても、レイフォート家の名誉は俺が守る。だから遠慮しないで消えてくれ」

「…………」

俺は拳を握りしめ。

数々の思い出を記憶から抹消し。

込み上げてくる涙をなんとか抑えつけ、くるりと身を翻《ひるがえ》した。

「わかりました……。今までお世話になりました、父上、ベルダ……」

「おうおう、とっとと出ていくんだな呪われし者よ」

「…………っ！」

父に右手の甲を振られ、俺はゆっくりと父の部屋を出ると。

その後は右腕で顔を覆いながら、自室まで走り出たのだった。

「さよなら……みんな……」

想像通りというべきか、俺を見送る者は誰もいなかった。

父やベルダはもちろん、幼い頃から俺に深い愛情を注いでくれていたはずの母も。ずっと仲良しだった召使いも。

誰一人として、俺を気にかけてくれる人はいなかった。

それはまるで――早く立ち去れと言われているようで。

「…………っ」

いたたまれなくなった俺は、小走りでその場を後にする。

一応、父から当分の食料と路銀は貰ってある。

だからしばらくは宿に泊まれるが……その金も、二週間もすれば尽きてしまうだろう。

「これから、どうするか……」

俺は今まで剣一筋で生きてきた身。

どうやって生きていけばいいのか、どうすれば生計を立てられるのか、まったくわからなかった。

強いて言うなら、冒険者になることか。

民間人からの依頼を受けて、危険度の高い魔物を倒したり、珍しい宝石等を探し当てたり……。

言ってしまえば《なんでも屋》みたいなものだが、剣の実力さえそこそこあれば、その依頼料で生計を立てられると聞いたことがある。

ベルダには遠く及ばないまでも、俺はずっと剣の修行に打ち込んできたからな。うまくいけば、冒険者として生活していくことができるかもしれない。本当はやっぱり、剣帝として国の役に立ちたかったけどな。

「………」

だがもう、悩んでいても仕方ない。

俺の〝未来の可能性〟なんて、もはや皆無に等しいのだから。

ここ《王都ヴァルムンド》の外壁を抜ければ、広大な草原に辿《たど》り着けるはず。

王都のギルド本部でも冒険者登録そのものは可能だと思うが、外れスキルを授かったせいで、今や王都中の人々に白い目で見られてしまっているからな。

王都からはるか遠くの、辺境の地で人生をリスタートしたい。

そんな思いのもと、俺は引き続き、草原へ向けて小走りするのだった。

「さて。ここならいいか……」

三十分後。

王都の外壁を抜けた俺は、そこからさらに歩みを進めていた。

当然のことながら、王都周辺は定期的に王国軍が魔物を掃討《そうとう》している。だから少しくらい草原を歩くだけなら安全なのだが、外壁から二十分も歩くと事情が変わってくるのだ。

意識を研ぎ澄ませば、そこかしこから魔物の気配が感じられる。

まあ、ここらの魔物はたいして強くはない。万が一遭遇してしまったとしても、返り討ちにすることは容易だと思うが――。

「なんだこれは……？」

魔物とはまた別に、怪しげな気配が四つほど伝わってくる。

惜しげもなく周囲に殺意を振りまいているかのような――明らかに不快な気配だ。

「……………」

俺はそのまま息を潜め、その方向へとゆっくり近づいていく。

周囲には背の高い草木が沢山生い茂っているので、それも良い隠れ蓑《みの》になってくれた（逆を言えば、ここで怪しいことをしても気づかれにくいわけだが）。

この歳《とし》までずっと鍛錬してきたおかげで、こうやって気配を探るくらいは造作もない。結局は報われることなく追放されてしまったし、悲しいことだけれど……。

「へっへっへ、お嬢さんよぉ……いい加減諦めたらどうだい……？」

「うっ……！」

そして気配の在処《ありか》まで忍び足で近寄った時、俺は思わず息を呑《の》み込んだ。

「な、なんだあれは……!?」

体格の良い男四人が、ローブ姿の少女を囲んでいたからだ。

少女がほぼ丸腰なのに対し、男たちは剣を装備。

さらに遠方に視線を向けると、馬車が無惨に転倒しており――その周囲には数名の護衛らしき男たちが倒れている始末だ。

どこからどう見たって穏やかな状況ではない。

「やめて、ください……！」

「へっへっへ。悪いがそうはいかねぇ。上からの命令なんでな」

「ひどい。どうして……!?」

少女は懸命に抗議するも、男たちは聞く耳を持たない。

勝ち誇ったような表情で彼女ににじり寄るや、剣を高々と掲げ始めた。

「いや、いや！　死にたくない！」

「へっへっへ。運が悪かったな。くたばりやがれ！」


――レイフォート家に生まれし者は、弱者を守り、国を繁栄に導く使命を帯びる――

――いかに絶対的不利な状況であろうとも、決して諦めることなかれ――


《剣帝》たるレイフォート家からは、もう追放されたはずだった。

外れスキルを授かった俺は、もう剣帝の道を歩めるはずがないと思っていた。

「おおおおおおおおおおお！」

でも次の瞬間には、俺の身体《からだ》は勝手に動いていた。

それはレイフォート家を追放されてもなお、その誇りを貫き通したいという自尊心か。

もしくは己《おの》が剣でまだ剣帝になろうとしている、現実を見ていない馬鹿者の考えか。

答えはどっちでもよかった。

ただ目の前では理不尽な暴力が繰り広げられていて、見たこともない少女が命の危機に瀕《ひん》していて。それだけで充分、しゃしゃり出る理由になるはずだと思った。

「死ねぇぇぇえええええ！」

乱暴に振り下ろされた男の剣を、俺は少女の前に回り込んで受け止める。

耳をつんざく金属音とともに、奴の剣は軽々と大きく弾《はじ》かれた。

「な………！」

男がくわっと目を見開く。

「おい、なんだてめぇは⁉」

「――誰でもいいじゃないか。ただの通りすがりだ」

「と、通りすがりだと……⁉」

俺は奴の剣に向けて剣撃をかますと、

「う、うおわぁぁぁっ！」

男は情けない悲鳴をあげながら、剣とともに後方へと吹き飛んでいった。

いくら俺がレイフォート家を勘当されたといっても、ここ二十年の努力が無駄になるわけではない。こんな卑しい連中相手に負けるつもりは毛頭なかった。

俺は尻餅をついている少女に数秒だけ微笑《ほほえ》みかけると、敵の攻撃が流れてこないように斜め前に移動。そして男四人たちに向けて剣を構え、その出方を窺《うかが》った。

「な、なんだこいつ！　若造のくせしてなんて気迫だ……！」

「構わねえ！　相手は一人だ！」

「ぶっ殺せ!!」

男たちが同時に襲いかかってくるも、正直、父やベルダと比べればなんてことのないスピードだ。

レイフォート流。

撃百閃《げきひゃくせん》!!

疾駆とともに無慮百《むりょひゃく》もの剣筋を叩《たた》き込んだ俺は、元いた位置から数メートル離れた先で着地。

そして剣を鞘《さや》に収めた頃には、男たちは呆気《あっけ》なく地に伏していた。

「強《つえ》ぇ……！」

「なんだこいつは……！」

掠《かす》れた声をあげたのを最後に、男たちはうつ伏せたまま動かなくなった。

もちろん、さすがに殺してはいない。相手が誰だかわからない以上、考えなしに命を奪ったらトラブルになりかねないからな。

足を中心に斬撃を見舞っておいたし、目が覚めたとしてもすぐには動き出せないはずだ。

「ふう……」

俺は両手を叩くと、改めて少女に向き直る。

「大丈夫ですか？　何やら込み入った事情があるようですが……」

「す、すごいっ……!!」

そして何をするかと思えば、少女はいきなりに両手を握ってくるではないか。

「えっ、ちょ……!!」

やばい。

俺は女の子と関わった経験がまったくないので、意識せずとも顔が赤くなってしまう。

しかもどうやら、歳も俺と近いようだな。時おりローブがはだける瞬間があるのだが、その一瞬だけでも美少女であることが伝わってくる。

「ありがとうございます！　あなたは命の恩人です！　よろしければお名前を教えていただけませんか？」

「えっと。ア……」

しかしながら、最後まで自己紹介することは叶《かな》わなかった。


「――おいてめぇ、いったいなんのつもりだぁ？」


ふいに野太い声が聞こえ、俺は思わず背筋を伸ばしてしまった。

おそるおそる視線を向けると、そこには見るも巨大な大男が殺意たっぷりにこちらを睨んでいた。

右手には斧《おの》を携え、左手には盾を構えている。

しかも俺の二倍近くも体格があり、一目見ただけでも格が違うことがはっきり伝わってきた。

「お、おまえは……！」

知らず知らずのうちに、俺は数歩後ずさってしまった。

さっきの男どもと違い、こいつの気配には気づけなかった。

「ごふぁあっ！」

そして気づいた時、俺は悲鳴をあげていた。大男の盾が、いつの間にか腹部にめり込んでいたからだ。

――重ぃ。

――それでいて速ぃ……！

あえて斧ではなく盾で攻撃してきたのは、文字通り余裕の表れか。

「きゃっ!!」

続けて少女も悲鳴をあげる。

拘束魔法でも使われてしまったか、強制的に両手を後ろに束ねられ、またしても尻餅をついている。それでも懸命に動こうとしているようだが、「んー、んー！」と言うばかりで、助けさえ呼べなくなってしまっているようだ。

その間、わずか数秒……。

さっきまでの連中とは、何もかもが違いすぎる――！

「悪《わり》ぃが、これはどうしてもポカできねぇ案件なんでねぇ。ラミア・ディ・ヴァルムンド。てめぇには死んでもらうぞ……！」

「んー、ん――ー!!」

男が斧を掲げ始めたタイミングで、少女はよりいっそう強い悲鳴をあげる。

――ラミア・ディ・ヴァルムンド。

聞き違いでなければヴァルムンド王国の第三王女だが、この際、そのことに驚いている場合ではない。

「く、くそぉっ……！」

できることなら、今すぐにでも彼女を助けに行きたい。

そしてこの大男を、自分の手で打ち倒したい。

だが情けないことに身体が動かない。

大男に一発殴られただけで、すでに限界を迎えてしまうとは……。

駄目か。

駄目なのか。

ずっと強さを求めてきたのに。

外れスキルを授けられたとしても、頑張ればいつかは強くなると思ってきたのに。

――結局はスキルがすべてなのか。

ひどい。

こんなことってあるのかよ！

戦闘経験が一定に達したため、《∞チートアビリティ》のレベルが上がりました。
★現在において使用可能なチートアビリティ
・神聖魔法　全使用可

「な……！」

突然視界に浮かび上がった文字列に、俺は目を見開く。

スキルのレベルが上がった？　神聖魔法の全使用可？

神聖魔法なんて凄腕《すごうで》魔術師でもそうそう使えない属性だが、いったいどういうことだ……!?

「あぁぁぁぁぁぁぁああ……！」

だが、長々と考えていられる時間はない。

今こうしている間にも、少女は大男によって命を奪われようとしているからだ。

スキルレベルが上がった恩恵か、傷も少しだけ回復したようだ。今ならまだ動ける……！

「くぉぉぉお……！」

俺は無我夢中で起き上がり、大男に向けて右手を揚げた。

使用する魔法は《聖剣九十九舞《せいけんつくものまい》》。

もちろん神聖魔法など使ったこともないが、以前、高名な魔術師がレイフォート家を訪ねてきたことがあった。目的は父との訓練だったが、あの時魔術師が使っていた華麗な魔法を、俺はまだ克明に覚えている……！

「なんだぁ……？　てめぇ、まだやる気かよ」

足を震わせながら立ち上がる俺に、大男はへらへら笑い返す。

「絶対に勝てるわけねぇのにまだ戦おうとする、こういうのを馬鹿っていうんだよなぁ～。命乞いでもしたほうが賢いのによ」

しかしその余裕に満ちた表情も、次の瞬間には凍り付いていた。

「な、なんだ……!?」

なぜならば――次の瞬間には、奴の周囲に数え尽くせないほどの聖剣が出現していたからだ。

もちろん、普通の剣ではない。

俺の神聖魔法によって生み出された、一本一本が高い殺傷能力を持つ聖剣。そのどれもが神々しい輝きを放っており、背の高い草木の生い茂る一帯を、眩《まばゆ》いばかりに照らし出していた。

かの高名な魔術師と比べれば、やはり一本ごとの聖剣は小さいけどな。

それでも今この時においては、有効なダメージソースとなるのに疑いの余地はなかった。

「うおおおおおっ!!　な、なんだこれは……！」

戸惑いつつも数歩下がる大男に対し、俺は凄みを利かせながら言った。

「どうだ。命乞いはしないのか？」

「……な、て、てめぇ……！」

「こういう時でも立ち向かおうとする馬鹿。さっきの言葉をまるまる返してやるよ……!!」

ドォォォォォォォオオン！　と。

けたたましい轟音《ごうおん》とともに、無数の聖剣が次々と大男に降り注ぐ。大男も懸命にこの猛攻から逃れようとしているようだが、四方八方から押し寄せてくる聖剣の嵐に、文字通り逃げる道を見いだせなかったらしい。

「ぬおぁぁぁぁぁぁぁぁぁぁぁあ！！！」

最後には棒立ちになった大男の命を、残りの聖剣が容赦することなく奪い尽くしていった。

2

「お……終わった……」

戦いは一瞬にして決着がついた。

あれほど手強《てごわ》かった大男は、もはやぴくりとも動かない。白目を剥《む》き、ただただ仰向《あおむ》けに倒れているのみだ。

「ほんとに神聖魔法を使えるなんて……どういうことだ？」

先ほど急に目覚めた能力、《神聖魔法　全使用可》。

前述の通り、これは一夜にして獲得できる魔法ではない。

高名な魔術師が鍛練に鍛練を重ね、他属性の魔法をすべて極められた時――神聖魔法を扱えるようになる。

それが世界の常識であるはずなのに、いったいどうして……？

と。

依然として尻餅をついている王女を見て、俺はそんなことを考えている場合ではないと思い直す。

「だ、大丈夫ですか……！？」

慌てて第三王女のもとへ駆け寄り、俺はリュックから《キアラルの薬》を取り出した。

毒や麻痺《まひ》などを筆頭に、すべての異常状態を治す薬だ。もちろんさっき大男が仕掛けていた拘束魔法にも有効なので、これで王女の身体は元に戻るはずである。

「ラミア王女殿下、失礼します」

それだけ言うと、ぐったりしているままのラミアの口に薬を流し込む。

「ん……」

狙った通り、王女の身体には少しずつ活力が戻ってきた。

そして言うまでもなく、俺自身も大きな怪我《けが》を負ってしまった身。王女の異常状態を回復させた後は、ポーションで自分の傷を回復させることも忘れない。

完全回復にはもう少し時間がかかるが、このまま放っておけば、大男から喰らったダメージはすべて癒えていくだろう。これにて本当の一件落着……といったところか。

「あ……あの、ありがとうございます」

そして数秒後には、王女にかけられていた拘束魔法も完全に解けたようだな。

ゆっくりと立ち上がりながら、彼女は俺にぺこりと頭を下げる。

「まさか単身でルーイを倒してしまうなんて……。あなた、とってもお強いんですね……」

「へ？　ルーイ……ですか？」

「はい。そこの大男のことです」

言いながら、ラミアは突っ伏したままの大男を手差しする。

「報告によれば、軍やギルドでも手を焼いていたそうで……。Bランクの冒険者でさえ、単身では勝てない相手らしいですよ」

「え………………」

Bランク冒険者……といえば、冒険者でも高ランクの実力者じゃないか。

かつて父から教わったことがあるが、そのランクによって、冒険者の実力をある程度判別することができるらしい。

一番上からS、A、B、C、D、Eの六ランクがあり、Sが最強、Eが最弱といった形だな。

もちろんランク付けは〝純粋な戦闘力〟のみによって決まるのではなく、たとえば非常時に冷静に立ち回る精神力、大勢の人に信頼されるほどの人間力、戦場において適切に人員を配置するリーダーシップ……。

などなど、総合的な面から見てランク付けがなされるらしい。

ゆえに高ランク者が必ず強いわけではないが、Bランクともなれば、戦闘面でも一定以上の実力がないと昇格はできないはず。

それほどの実力者でさえ、あの大男には勝てなかったってことか……？

いやいや、そんなはずはない。

たしかに《神聖魔法》は化け物クラスの威力を秘めているが、俺は昨日までなんの能力もなかった男だ。なのに、急にそこまでの実力を手にしてしまうなんて……。

高名な魔術師と比べれば魔法の威力も弱かったし、きっと敵も戦闘前からなんらかのダメージを負っていたのかもしれないな。

「……となると、これは手厚くお礼をしないといけませんね。もしかしたら我が国を救ってくださる英雄様かもしれませんし」

ラミアは小声でそう呟《つぶや》くと、ぐいぐいと距離を縮めて言った。

「ところで、さっきはお名前を聞きそびれてしまいましたね。もう一度お聞きしてもよろしいですか？」

「え？　えっとですね、それは……」

まずい。

これは非常にまずい。

俺の目下の目標は、王都からできるだけ離れた場所でのんびりと平和に過ごすこと。

ここで王女と関わってしまったら、その〝平和な生活〟から大きく遠ざかってしまう。それだけは絶対に避けねばならない。

「そ、その……えっと。自分の名前ですが、忘れてしまいました」

しかし身内以外とあまり会話をしたことのないためか、適切な言葉が思い浮かばず……。

自分でもよくわからない言い訳が口をついて出てしまった。

「え……？　な、名前を忘れた……？」

予想外の切り返しだったか、王女も首を傾げるばかり。

いやまあ、そりゃあそうだよな。

俺も自分で何を言っているのか全然わからん。

「も、もしかしてさっきの戦いで頭を打ってしまいましたか……？　それは大変です、すぐに診てもらわないと……!!」

「い、いえ大丈夫です。名前なんてなくても生きていけますから、ははは」

まずい。

最初にとんでもない言い訳をしてしまったせいで、どんどん収拾がつかなくなってるぞ。

「いやいや大問題ですよ！　凄腕の回復術師を手配しますから、ぜひ王都に来てください！　最上級のおもてなしを保証します！」

「だ、大丈夫ですって。そのうち思い出すかもしれないじゃないですか」

「駄目です！　来てください、ほら！」

そう言って王女は俺に腕を絡めてきた。

「病人は四の五の言ってないで治療です！　ほら、早く来てください！」

……たぶんだが、この第三王女はとても純粋な性格の持ち主なんだろうな。

他の王族は知略を用いて権力闘争を繰り広げていると聞いたことがあるが、第三王女に関しては、そういったある種の黒い噂《うわさ》を聞かない。

ただただ純粋に国の平和と繁栄を祈っており——国民の支持もかなり強い。

なぜか人を惹《ひ》きつけてやまない不思議な魅力があると、父が言っていたのを覚えている。

まあ……さすがに名前忘れたレベルの大嘘《おおうそ》を信じるとは思ってなかったけどな。

「さあ、しゃきしゃき歩いてください！　私がリードしますから！」

と言って無理やり進ませようとしている間にも、大きな二つの膨らみがめちゃくちゃ腕に当たってきている。

といってそれを気にしているふうでもなく、ただただ俺を王都まで歩かせることに集中しており――。

数々の計略が巡らされているというヴァルガンド王家で無事に過ごせているのか、むしろ彼女のほうを心配したくなる始末だった。

「大丈夫ですよアさん！　さっきあなたが使ってた剣技、私見覚えあるんです。うまく辿れば、アさんの出自がわかると思います！」

おいおい、正気か。

抜けている性格かと思いきや、早くも正体がバレそうになっている。

一刻も早くこの場から脱出しないと、本当に取り返しのつかないことになるぞ……！

（ちなみにアさんというのは、さっき名前の頭文字だけ名乗りかけたところから取ったのだと思う）

そうして王女に引きずられること数分――。

「ラミア王女殿下！　ご無事ですか!!」

さらに悪いことに、騒ぎを聞きつけたらしい兵士がこちらへ駆け寄ってくるではないか。さっきの神聖魔法はかなり派手な技だったので、たしかに周囲の気を引いてもおかしくないが……。

このままボーッとしていたら、どんどん面倒くさいことになりそうだ。

あまりに馬鹿馬鹿しくてこれだけはやりたくなかったが、こんなにも追い詰められた以上、もはや奥の手を実行するしかない……！

「あ！」

「え⁉」

俺が適当なところを指さすと、ラミアがさっとそちらを振り向く。

……こんな単純な策にかかるとは、やはり純粋無垢《むく》を絵に描いたような性格らしいな。

若干の申し訳なさを感じつつ、俺は王女の腕から抜け出し、逃走を敢行。

「あ、ちょっと！　アさん、まだお話ししたいことがっ！」

第三王女の呼びかけを無視するのは心苦しいが、もうこれ以上、厄介なことには巻き込まれたくなかった。

もう怪しげな賊の気配もないから、きっと兵士たちが後処理をしてくれるはずだしな。

「さようなら。ラミア王女殿下……！」

「アさん！　アさぁぁぁあん！」

ラミアの叫び声が、いつまでも響いているのであった。

★　★

数分後。

ラミアから受けた報告に、兵士が大きく目を見開いた。

「な、なんと……これほどの手練《てだ》れたちを、一人で倒した者がいたのですか⁉」

「はい。とても強く、勇敢な方でした」

アルフが走り去っていった方向を、ラミアはいつまでも見つめていた。

「これほどの功績をあげてくれたわけですから、王家として何もしないわけには参りません……。彼の剣技には見覚えがありますから、さっそく王国中の流派をあたるとしましょう」

3

そんなこんなで一週間後。

俺は王都から遠く離れた田園地帯――ムルミア村に辿り着いていた。

最短ルートを辿っていけば、本当は三日ほどで着いたんだけどな。節約のために夜間の乗合馬車に乗ったり、歩ける距離だったら自分の足で向かったり……。

とにかく金を使わないのを意識しまくった結果、一週間ほどかかってしまった。

まあ、今の俺には時間がたっぷり有り余っている。なくなったら困るのは金のほうなので、ひとまず生活が安定するまでは、徹底した節約生活を続けることになりそうだ。

そして。

「ここが冒険者ギルド、か……」

俺が見つめる先には、《GUILD》の看板が掲げられた木造建築。昼下がりという時間帯も相《あい》俟《ま》って、内部にはそこそこの人数がいるようだ。

「よし、入るか……！」

俺は両頬を叩くと、ギルドの扉に手をかける。

数ある村のなかでもムルミア村を選んだのは、もちろんこの冒険者ギルドがあるからだ。

見渡す限り田畑が広がり、その奥には森林地帯があり……想像通りの《ザ・田舎》って感じのムルミア村だが、近隣には多くの魔物が棲息《せいそく》している。その対策として、辺境ながらギルドが設立されているわけだ。

まあ、ここムルミア村では穀物や野菜が沢山育てられているからな。

村の内部では放牧も行われているし、それを狙って魔物が襲ってくるのは、まさにごく自然の成り行きと言えた。

「し、失礼しま～す」

自分でも情けなくなるほどの小声を発しながら、俺は扉を開く。

なかには屈強な男たちが沢山いて、新参者である俺を厳しく睨みつけてきて——。

といった展開を予感していたが、蓋を開けてみるとそんなことはなかった。

受付嬢と依頼について話し合っている男性、依頼の貼られている掲示板を眺めている冒険者、脇に設置されたテーブルで談笑している人々。

冒険者ギルドに入るのは人生初だが、思ったより穏やかな場所で安心した。

王都のギルドは血気盛んだと聞いたことがあるものの、それも地域によって異なるのかもしれないな。

「あ、あの……。冒険者登録をしたいんですけど」

俺はひとまず空いているカウンターに足を運び、受付嬢にそう話しかける。

「はい、わかりました。冒険者登録ですね」

受付嬢はにこやかな表情でそう応じると、カウンター上に置かれている用紙に目を通しながら言った。

「では失礼ですが……まずはお名前をお聞かせいただいてもよろしいでしょうか」

「えっと、アルフです。アルフ・レイフォート……」

「アルフ様ですね……。かしこまりました」

名乗るのには若干の抵抗があったが、受付嬢は特段何を気にするふうでもなくそれを受け入れてくれた。いくらレイフォート家が有名な家系といっても、こんな辺境にまでは俺の悪名は広まっていないようだ。これなら一安心だな。

外れスキルを授かっただけで迫害されるのは正直異様としか思えないが、そのくらいこの世界はスキルへの信仰度が高い。

――スキルを授かれなかった者は、神の加護から外された、呪われし者――

このように言い伝えられているほどだからな。

その後も俺は簡単な質問にいくつか答えていき……あらかたの手続きが終わったところで、受付嬢がこう切り出した。

「では最後に、Cランク以上の冒険者と模擬戦を行っていただく必要があるのですが、よろしいでしょうか？　もちろん勝つのは難しいと思うので、あくまで実力が認められさえすれば大丈夫です」

……きた。

冒険者名物、初手で先輩との模擬戦。

いくら安全な依頼のみをこなそうとしても、冒険者として活動する以上、常に危険と隣り合わせだと言えるからな。無駄な犠牲者を増やさないためにも、この模擬戦は古くから続いている伝統ということらしい。

「大丈夫です。ちょっと緊張しますが……」

「ふふ、最初は皆さんそうですよ。先輩がきちんと手加減してくれますから、あまり硬くならないでください。――では、さっそく始めようと思います。こちらへどうぞ」

案内された試験会場は思ったよりも広かった。

レイフォート家の鍛錬場にも負けるとも劣らない面積に、壁面には剣や斧、盾といった装備が置かれている。辺境の地ゆえに、試験会場にも多くのスペースを割けるのかもしれないな。

「あら♡　今日は随分と可愛《かわい》らしい挑戦者さんが来ましたね」

会場の向こう側には、なぜかメイド服を身にまとった女性が待ち構えている。歳はたぶん俺の二つ、三つくらい上だと思うが……なぜあんなところにメイドが？

それを受付嬢に訊《たず》ねると、

「あはは……。やっぱり驚いちゃいますよね。実は今回の試験相手は彼女です」

と苦笑気味に答えた。

「でも油断しちゃ駄目ですよ。今は手の空いているCランク冒険者がいなかったので、Aランク冒険者である彼女に出てきてもらった形です」

「え、Aランク冒険者……」

おいおい嘘だろ。

こちとら《外れスキル所持者》だってのに、まさかのAランク冒険者が相手か。

勝敗は試験に関係ないとは言うものの、いきなり不安になってきたぞ。

胸の中で込み上げる恐怖心をなんとか抑えつけながら、俺はメイド冒険者の反対側に立つ。よく見れば腰に二本の短剣がさげられているので、あれが獲物ということか。

「ふふ……、アルフさんっていったかしら。そんなに緊張しなくても大丈夫よ。お姉さんがきちんと指導してあげますからね」

人差し指を唇にあてがい、艶めかしくウィンクをしてくるメイド冒険者。

さすがはAランク冒険者というだけあって、余裕たっぷりだな。

「自己紹介が遅れました。私はシャーリー・ミロライド。敵をいじめにいじめ抜いて、虐《しいた》げられる喜びに目覚めさせるのが趣味です♡」

「は……？」

俺が目をぱちくりさせていると、

「はいはい。わかったから新しい人困らせないで」

受付嬢が呆《あき》れたように仲裁に入った。

「ごめんなさいねアルフさん。彼女いつもはこんなんですけど……実力はたしかです。試験合格のためにも、油断はしないでくださいね」

「は……はい。わかりました」

そう言われても緊張するものは緊張するけどな。

ただここでアガっても良いことはないので、俺はひとまず鞘から剣を引き抜く。決して高級品ではないが、父の厳しい修行を一緒に耐え抜いた愛剣だ。

「あら……」

俺の構えを見てどう思ったか、今度はシャーリーが目をぱちくりさせる。

「隙のない構え……。アルフさん、どこかで剣を習いましたか？」

「はい。良いスキルを授かれなかったので、残念ながらそんなに剣術は活《い》かせませんが」

「…………」

ここでシャーリーが数秒だけ沈黙したところで、俺はなんとなく察した。

たぶん今の時点で、彼女は俺の正体に気づいている。いくら辺境の地といえども、Aランク冒険者ともなれば情報網も広いだろうからな。

「なるほど……そうでしたか。たとえ世間にどう思われようとも、自分で生きる道を模索する……。素敵だと思いますわ」

シャーリーは一瞬だけ同情の視線を向けてきたが、しかしほんの数秒後には、冒険者としての厳しい顔つきに変貌していた。

「でしたらなおのこと、甘い試験にはできません。通してあげたいのは山々ですが、せめて……冒険者として生き残れるだけの力を見せてください。いいですね？」

「……ええ、元よりそのつもりです」

さすがはAランク冒険者だな。

さっきまでのふざけた態度とは裏腹に、今は隙のない構えで俺と対峙《たいじ》している。普通に戦ったら絶対に勝てるはずのない相手だということが——否《いや》が応でも伝わってくる。

「それではお二人とも、準備はよろしいでしょうか」

一瞬で重くなった空気のなかで、受付嬢がそう切り出した。

そして俺とシャーリーが同時に頷《うなず》いたのを確認するや、

「では模擬戦、始めてください！」

と試験開始の声を発する。

「さっそくいきますよ！　ついてきてくださいい、アルフさん!!」

そして試験開始と同時に、シャーリーがいきなり突っ込んできた。

それぞれ逆手に持っている短剣を繰り出し、容赦のない猛攻を俺に浴びせてくる。

(速い……!!)

といって全力を出しているふうでもなく、彼女は俺の一挙手一投足を観察しながら攻撃を仕掛けてくるのみ。受付嬢が言っていたように、たしかに手加減してくれている感じはする。

いきなり魔物に奇襲を仕掛けられた時、どのように対処をして、どのように切り抜けるか——それを試されているような気がした。

でもこれくらいの試練なら、父との訓練中に何度も乗り越えてきた。

防御に徹するくらいならどうにかなる――！

「はっ！　はっ！　はっ！」

その後も間断《かんだん》なく繰り出される剣撃を、俺はすべて受け止め続けることができた。

やや動きが単調なので、やはり手加減してくれていることには違いない。どうにかして反撃に転じ、攻撃もできることを示していかねば……！

「ふふ、やりますねアルフさん♡　冷静に私の攻撃を受け止め続けるなんて、さぞ苦しい訓練を耐え抜いてきたんでしょう」

「ありがとうございます。本当はもっと強いスキルを授かって、本来の役目をまっとうしたかったですけどね」

「そんなに悲観することはありませんわ♡　アルフさんは立派です。一生懸命訓練してきたことが伝わってきますわ」

「………………」

「でも、それと試験合格かどうかは別。ちょっとギアをあげていきますよ」

シャーリーがそう言い放った瞬間、彼女の目つきが一段と鋭くなった。

そのまま先ほどの倍はあろうかというスピードで短剣を振るい、一切の隙もなく追い詰めてくる。

それはまるでダンスのようだった。

こちらが予測することさえできないような変則的な動きで、素早く――それでいて華麗に切り込んでくる。

「くっ……！」

さすがはAランク冒険者。

やはりさっきまでは手加減していたのだろう。そしてたぶん、今この瞬間でさえ、彼女は本気を出していない。

それでも俺は限界に近づきつつあった。

ただでさえ防戦一方だったのが、今や守りに徹することさえ難しくなっている。

疲労感のあまり激しく息切れし、身体がもう休みたいと訴えかけてくる。

――仕方ない。

本当はもう少し余裕をもって反撃を差し込みたかったが、そうも言っていられなくなった。

たとえ雑な攻撃になったとしても、できることはやっておかねば――！

「……アルフさん、大丈夫ですか？　降参しても落選とは限りません。辛《つら》くなったら遠慮なくお伝えくださいね」

「いえ、大丈夫です……！　まだまだこれからですから」

「え？」

シャーリーが一瞬だけ眉をひそめた、その隙が最初で最後のチャンスだった。

「おおおおおおおおおおおおおおおおっ！」

温存していたありったけの力を振り絞り、俺は勢いよく剣を振り払う。

もちろんそれがシャーリーに直撃するはずもなく、短剣によってものの見事に防がれた。

だが俺の目的はこれでダメージを与えることじゃない。この反動でシャーリーが数メートル後ろに弾き飛ばされたので、この距離を稼ぐことができれば充分だった。

――スキル発動、《∞チートアビリティ》。

★現在において使用可能なチートアビリティ
・神聖魔法　全使用可

今回使うのは、神聖魔法の《ムーンライトフォース》だ。

対象者の足元から、空を突き抜かんばかりの光柱を出現させる。

攻撃の軌道が咄嗟《とっさ》に読み取りにくい分、今回のような奇襲にはぴったりの魔法のはずだ。

「アルフさん、いきなり何を……って、まさか⁉」

しかしそれでも的確な判断を下したのはさすがAランク冒険者というべきか。

足元から光柱が出現するコンマ一秒前に、シャーリーはサイドステップを敢行。その瞬間、遅れて出現した光柱が天井を勢いよく貫いていった。

この魔法を外したのは少し予想外だったが、しかしまだ充分に魔法を撃ち込む猶予はある。

俺は再び《神聖魔法》を発動し、先ほどよりも多くの《ムーンライトフォース》を放とうとしたが――。

「ま、待ってください！　ストップストップ！」

シャーリーからの呼びかけにより、それは中断を余儀なくされた。

「は……はい。どうしたんでしょうか……？」

「い、今のはなんですか？　もしかして神聖魔法……？」

「そうです。神聖魔法というには弱すぎるかもしれませんが……」

「な、何言ってるんですか！　どうして神聖魔法が使えるんですか!!」

さっきまで余裕綽々《よゆうしゃくしゃく》としていたシャーリーだったが、今はそんな様子は欠片《かけら》もない。冗談抜きで心の底から驚いているような――そんな気がする。

「いや、それもよくわかってなくて……。なんか数日前から使えるようになったんですよね、なんの脈略もなく」

「な、なんの脈略もなく……」

そこでシャーリーは頭痛を抑えるかのように頭部に手を添えると、今度は受付嬢を見て言った。

「ルリエちゃん。たしか王国の冒険者で、剣と魔法を扱える人はいたかしら？」

「そうね……。いるにはいるけど、ごく少数だったと思う。最低でもAランク冒険者じゃないかしらね」

「そのなかで神聖魔法を使える剣士は？」

「いるわけないでしょそんな人が」

「そ、そうよね……。私がおかしいのかと思った」

シャーリーはそこで呆れ気味にため息をつくと、最後に俺を見つめて言った。

「アルフ・レイフォートさん。私の記憶違いじゃなければ、あなたは《剣帝》の息子さんですよね？　でも謎のスキルを授かって、噂ではえっと、その……」

「構いませんよ。それで合ってます。変なスキルを授かったせいで、俺は家を勘当されてしまいました。つい一週間前のことです」

「そうですか……」

シャーリーはそこで短剣をしまうと、なぜか俺のもとに歩み寄ってきた。

「でも、そんなに強い魔法を使えるのに勘当なんておかしいですよね。剣帝も見る目がないというか……」

「いえ、そんなことはありませんよ。俺が神聖魔法を使えるようになったのも、つい最近のことですから」

「……その魔法を見せて、家族のもとに帰る意思はないんですか？」

「…………」

それは俺も考えてはいた。

最近までは何もできなかった《∞チートアビリティ》だが、ルーイを倒してから風向きが変わったのだ。高名魔術師には及ぶべくもないものの、最強属性である神聖魔法を扱えるようになったのだ。これを父に見せれば、きっと勘当を考え直してくれるかもしれないと。

でも。

——何度も言わせるな。さっきからそう言っているだろう。とことん不出来な息子だな——

——アルフ。てめぇがいなくなっても、レイフォート家の名誉は俺が守る。だから遠慮しないで消えてくれ——

追放される前、父とベルダはさも嬉《うれ》しそうな笑みを浮かべていた。

もう長い間俺に憎悪の感情を抱いていて、そんな俺を追い出すのがたまらなく嬉しそうで——。

あれを思い出すと、どうしても実家に戻る気は失《う》せてしまうのだ。たとえ俺がめちゃくちゃ強くなって出直してきても、それだけでは埋まらない溝ができてしまっているから。

「……すみません、立ち入ったことを聞いてしまいましたね。失礼しました」

シャーリーはそこで小さく頭を下げると、なぜか俺の両手をぐっと掴《つか》んで言った。

「どうかあまり気を落とさないでください。今の一戦だけでも、アルフさんがずっと頑張ってきたことが伝わってきました。たとえ良いスキルを授かれなくても、それでも自分にできることをずっと積み重ねてきたのだと」

「シャ、シャーリーさん……」

「そのうえ神聖魔法まで扱えるときたら、もう言うことはありません。シャーリー・ミロライドの名にかけて、アルフさんの冒険者登録を認めます」

「あ……」


それはもしかしたら、人生で初めてのことかもしれなかった。

今まではどれだけ努力しても、結果に繋《つな》がることはなくて。

その反面、良いスキルを獲得した人たちが、俺がどう足掻《あが》いても到達しなかった高みに上りつめていて。

——これが人生で初めて、俺の努力が認められた瞬間かもしれなかった。

「ふふ、よかったです。ウチはずっと人手不足でしたから、強い人が来てくれて助かりますよ。ではさっそく次の手続きを……って、あれ」

ルリエと呼ばれていた受付嬢がさっそくバインダーを持って近づいてきたが、しかし、彼女に応じる余裕は今の俺にはなかった。

なぜならば、いつの間にか溢《あふ》れてきた涙が、俺の視界を覆っていたからだ。

それは止めようとしても止めることのできない、まさに無尽蔵に流れる涙だった。

「え……アルフさん、どうしたんです？」

「ごめんなさい、急に涙が出てきて……。すぐに戻りますから、ちょっと待っててください」

そう言って、俺は慌てて試験会場を後にするのだった。

今までずっと、他人に認められることのない人生を送ってきた。

昔から父の厳しい訓練を受けてきたが、褒められたことは一度もなく。十八歳になれば強いスキルを授かることを信じて、ひたすらに剣技を磨き続けてきた。

けれど実際に授かったのは《外れスキル》で――。

その瞬間から、まわりの目が急に冷たくなった。剣帝の血を継いでおきながら戦うことのできない無能、レイフォート家の恥さらし、なんの役にも立たないクズ。

それはまるで、これまでの人生すべてを否定されたような感覚で。

スキル授与の際に神官からスキル名を聞かされた時は、自身の何もかもが崩落していくような感覚を抱いたものだ。

けれど今、初めて認められたような気がする。

自分がこれまで積み重ねてきた努力が、ようやく花開いた気がする……。

「ああ、いたいた。ここにいたんですね」

と。

木陰に座っていた俺のもとに、二人の女性が歩み寄ってきた。

受付嬢のルリエと、Aランク冒険者のシャーリーだ。

「シャーリーから聞きましたよ。どこかで聞いたことのある名前だと思ったら……まさか剣帝の息子さんだったんですね」

「…………」

「ふふ、これで得心がいきましたよ。見たことない人がいきなり冒険者登録しに来るなんて、小さい村ではちょっとしたアクシデントですからね」

そう言って微笑みかけてくるルリエ。

誰かに優しい言葉を投げかけられることも、俺にとってはまた久々のことだった。

外れスキルを授かってからは、もう同じ人としての扱いを受けてこなかったから……。

「でも、冒険者になったら過去は関係ありません」

そう言って隣に座ってくるのはシャーリー。

スカートのなかが見えないように気を遣いつつも、絶妙に近い距離感で声をかけてくる。

「私もなかなか人に言えない過去がありますが……これでもAランク冒険者として活動できていますから。アルフさんもきっと、冒険者として大活躍できますよ♡」

「あんたの場合は特殊すぎると思うけどね……」

「あら♡　なんのことかわかりませんわ♡」

そう言って頬に片手をあて、妖艶《ようえん》に笑うシャーリー。

……なんというか、二人はだいぶ仲が良いみたいだな。

小さな村となると、人間関係も自然と濃くなっていくのだろうか。

そんな思索を巡らせているうちに、シャーリーが表情を改め、俺の目を真っすぐ見つめてきた。

「改めてアルフ・レイフォートさん。ムルミア村の新しい住民としても、私たちはあなたを歓迎したいと思っています。空き家をお貸しするのと、向こう一週間分の食材もお渡しします。これが私たちにできる、精一杯だと思ってください」

「え……」

おいおいマジか。

たしかに嬉しい申し出だが、さすがに良くしてもらいすぎでは……。

俺の困惑顔からその感情を読み取ったのだろう、ルリエが苦笑を浮かべながら言った。

「あはは……。困るお気持ちもわかりますけど、でも、うちのギルドマスターがすごい世話焼きなんですよ。このままアルフさんを放っておいたら、私たちが怒られるんです」

「お、怒られる……」

「あいにく今日は不在ですけどね。いつかお会いする機会もあるでしょうから、その時はぜひお話してみてください」

「はは……わかりました」

なんというか、ここの人たちはとても温かいよな。

王都でも〝優しい人〟はたしかにいたが、それは何かしらの打算があってのもの。

優しくするメリットのない人にはとことん無関心で、当人の立場が悪くなった時には容赦なく突き放す。いわば自分のための優しさで溢れ返っているのだ。

その点、ムルミア村の人たちは違う。

俺を本気で心配して、本気で気にかけてくれているような——そんな気がする。

最初はあまり深く考えず、ただ冒険者ギルドがあるから赴いただけなんだけどな。思った以上に良い場所に来られたのかもしれない。

「それではアルフさん、落ち着いたらギルドに来てください。新しい居住地のことも含めて、色々とお手続きをしなくてはいけませんから」

「あ……はい。わかりました」

かくして、俺は王都から遠く離れた新天地で、第二の人生を歩むことになるのだった。

4

一方その頃。

ヴァルムンド王国の第三王女、ラミア・ディ・ヴァルムンドは、一週間かけてようやく彼に繋がる手がかりを得ようとしていた。

彼が数人の賊と戦っている時、認識が追い付かないほどの剣撃を一瞬にして放っていたのを覚えている。あれほど華麗な技となると、かなり高名な流派を極めていることは容易に推察できた。

それに加えて、ラミアはあの技を見たことがあった。

詳しいことは思い出せないものの、たしか王国軍の重鎮と模擬戦をしていた気がするのだ。

目にも留まらない、高速の剣の嵐。

文字通り一瞬で百回もの攻撃をしているかのような、あまりに強烈な大技……。

ここまで情報が揃《そろ》っているわけだから、彼を見つけ出すのは時間の問題だと思われた。

自身も情報を集めつつ、側近たちにも彼を捜索してもらい……。

そうして一週間が経《た》った今、ようやくラミアは有力な情報を手にした。


――彼はおそらく、レイフォート流の使い手である……と――。

しかし聞くところによれば、有力な跡継ぎとして目されていたアルフ・レイフォートが最近家を追い出されたのだとか。

その理由は単純明快で、アルフなる者が外れスキルを授かったから。

一方で弟のベルダは《神聖剣》という強スキルを貰えたようで、現在の剣帝候補はそのベルダということになっているらしい。

となると、あの時助けてくれたのはあのベルダだろうか……？

《神聖剣》というスキルはラミアも知っているが、しかしそのスキルでは神聖魔法を扱えなかったはず……。

あの時助けてくれたのは本当にベルダなのか、もしくはまったく見当違いの流派なのか、それとも勘当されたというアルフなのか……。

一抹の不安を抱えながらも、ラミアは本日の昼、レイフォート親子を呼び出したのだった。


「これはこれはラミア王女殿下。私どもとお会いする時間を割いてくださるなんて、恐悦至極でございます」


――しかし残念ながら、その嫌な予感はぴたり的中してしまった。

ヴァルムンド王城。謁見の間にて。

頭をへこへこさせながら訪れたファオス・レイフォートとベルダ・レイフォートは、やはり彼とは似ても似つかない風貌をしていた。

特にベルダのほうは非常にだらしない体形をしてしまっており、これが本当に剣帝候補なのかと疑いたくなる。彼のほうがもっと引き締まった身体をしており、ちょっと憂いを帯びたような琥珀《こはく》の瞳に、敵を追い詰めた時のちょっとだけサディスティックな表情、そしてそして……。

「あ、あの～。王女殿下？」

一人で夢想の世界に入り浸るラミアに対し、ファオスが当惑顔で声を投げかけてきた。

「こ、こほん。失礼、なんでもありませんわ」

ラミアは澄まし顔で咳払《せきばら》いをすると、この場をどうしたものかと思案する。

まず結論として、二人はではなかった。

そうなると、彼とレイフォート家は関係なかったと考えるのが妥当だが……。しかし万が一のこともあるので、念のため、勘当されたというアルフのことを探っておくか。

「いきなり呼び出して申し訳なかったですわ。レイフォート流について、少しお聞きしたいことがありまして」

「な、なんと、我が流派にご関心を示してくださるとは……」

ファオスは驚いたような表情を浮かべるも、そこでラミアは見逃さなかった。

一瞬だけファオスの顔に浮かび上がった——見るも醜悪な表情を。

ラミアをきっかけにしてレイフォート家をもっと繁栄させたいという、言ってしまえば欲望にまみれた顔つきだった。

「大変光栄でございます。して、どのようなご質問でしょうか」

「あなた方の流派に、一瞬にして沢山の攻撃を浴びせる技はありますか？　剣の先で、何度も素早く突き刺すといいますか……」

「なるほど。おそらくは撃百閃ですかな」

「差し支えなければ、見せてもらえます？」

「ええ、もちろんでございます」

ファオスは深く頷くと、隣で跪《ひざまず》くベルダの背を叩きながら次の言葉を紡いだ。

「本来ならば私がお見せすべきところですが、実は現在、このベルダは修行中の身でして。修練の意味でも、このベルダに任せていただけると嬉しいのですが」

「…………」

なんとなく予想していたが、やはりそうなったか。

剣帝一家と呼ばれるレイフォート家は、その実力を買われ、王族の護衛を務めた代もある。剣士にとってそれは最高の栄誉であり——だからファオスも、自身の息子にそうなってほしいのだろう。

……まあどんなにアピールされたとしても、この体形の人に護衛を任せるのは不安でしかないが。

「わかりましたわ。ベルダさん、どうかよろしくお願いします」

ただここで拒否する理由もないので、ラミアはひとまずそれを了承。

今回の目的はあくまで彼の正体を探るためのものなので、ベルダのことは正直どうでもよかった。

「ありがとうございます、ありがとうございます。王女様の寛大なお心に深く感謝します。——さあベルダ、このような機会は滅多にないぞ。おまえの剣技をお披露目するんだ」

「は……はい」

やや緊張したような面持ちで立ち上がるベルダ。

そんなつもりは毛頭ないのに、自分の将来をここに懸けているかのような緊迫感である。

ベルダはそのままラミアとファオスから距離を取ると、

「ではいきますよ……。せいっ！」

と言って、何もない空間へ向けて剣技を繰り出した。

――なるほど、《神聖剣》スキルを扱っているだけあってたしかに凄い。

そのスピードや攻撃の重さ、どれをとっても完全に彼の上位互換と言えるだろう。

しかしスキルの強さにかまけてしまっているためか、動きがかなりぎこちなかった。彼の剣技は威力こそ低くとも、その一挙手一投足が洗練されていた。

「…………」

そしてやはり、この撃百閃とやらはあの時の彼が放っていた剣技に間違いなかった。

つまりあの時自分を助けてくれたのは、追放されたというアルフ・レイフォートということになる……。

「い、いかがでしょうかラミア王女殿下」

そんなラミアの思考をよそに、ファオスがごまをすりながら訊ねてくる。

「まだ修行中の身ではありますが、彼は《神聖剣》スキルを授かりました。王女殿下の御身をお守りするには、この上ない人材かと思いますが……」

「――それからもう一つ。あなた方が勘当したという、アルフ・レイフォートさんについて……その容貌を詳しく教えてください」

「な……。ア、アルフですか……!?」

問答無用で話題を切り替えたラミアに対し、ファオスが当惑の表情を浮かべる。

「ど、どうして王女殿下がアルフのことを……？　奴は呪われし者で……」

「あなた方のご事情は存じていますが、ひとまずは質問に答えていただけません？」

「か、かしこまりました」

ラミアが強めの眼光で圧をかけた途端、小さく萎縮するファオス。

ベルダもなんだかばつの悪そうな表情で父の隣に戻っていった。

「歳は二十歳で、黒髪に琥珀の目をしております。体形は中肉中背でして、たしか銀色の剣を持っていたはずですが……」

「……なるほど。ありがとうございます」

ビンゴだ。

黒髪で琥珀の瞳。中肉中背。銀色の剣。

そのすべてが、あの時助けてくれた彼とぴたり一致する。

一週間前といえば彼が家を追放された当日で、あの時の本人が寂しそうな表情を浮かべていたのも、おそらくこいつらが……。

「…………」

ラミアは込み上げる怒りをいったん鎮めると、目の前で跪く親子を見下ろしながら言った。

「剣帝ファオス殿。実は一週間ほど前、私を助けてくれた人がいましてね。黒髪に琥珀の目をしておりまして……ちょうどベルダさんが見せたような、華麗な剣技を敵に見舞っておりました」

「な、なんですと！　それはまさか……」

「ええ、おそらくはそのアルフさんなのでしょう」

ラミアはそこで眼光を一層鋭くして、跪く親子二人を見下ろす。

「し、しかしお言葉ですが王女殿下。いくら外れスキルを授かったといっても、アルフは幼き頃から修行を続けてきました。ですから弱い魔物ならアルフでも倒せますし、このベルダはさらに上の実力を……」

……ほんとに呆れた話だ。

ラミアは今日、将来の護衛候補を探すために二人を呼び出したのではない。

あくまで彼が何者かを確かめたかっただけで、それ以上でもそれ以下でもないのに。

ファオスは何か勘違いして、ベルダのほうが強いことを滔々《とうとう》と述べ続けている。

「……ベルダさんが強いことは認めます。このままたゆまず訓練をすれば、きっと王国でも名を馳せることになるでしょう」

「ええ、そうですとも！　ですからぜひ、将来は――」

「しかしかのアルフさんは、あのルーイ・クリストンから私を見守ってみせました。ファオス殿ならきっと、この名をご存じなのではありませんか？」

「ま、まさか《漆黒の獄賊》の……」

「そうです。冒険者ギルドでさえ手を焼いていた賊を、彼は一瞬で倒してみせたのです。一瞬でね」

「ばばばば、馬鹿な！　何かの間違いだ……！」

大きく目を見開いて、ファオスはその場で項垂《うなだ》れる。

いくらベルダが強いスキルを授かっているといっても、今はまだそのスキルを磨いている段階。

ルーイにはさすがに勝てるわけがないし、今後の成長度合いによっては一生勝てない可能性さえある。つまりはそれだけ、ルーイは圧倒的な力を誇っていたのだ。

「………ちぇっ」

アルフに話題を持っていかれたことがつまらないのだろう。

ベルダがあからさまな舌打ちをかますと、

「こらベルダ！　王女殿下の御前だ！　無礼な態度を取るな！」

と慌てた様子で諭した。

「……はぁ」

ベルダが精神的に未熟そうなところを鑑みても、アルフに勝っている要素はどこにも見当たらない。

彼はみずからの実力をひけらかすこともなく、ただただ謙虚に、自分などたいしたことないと言い張っていた。

ラミアにとってはそれが何より新鮮なことだった。

王族という立場もあってか、近寄ってくる人間はみな何かしらの〝裏〟を持っている。

この親子のようにみずからの力をアピールする者や、自分の息子を花婿に据えようと画策している貴族まで……。

だからラミアと出会う人物はみな、我こそは優れた人間であると一様にアピールしてきたものだ。

でも彼は違った。

ラミアを賊から救ってみせたにも関わらず、自身の名を名乗ることもなく――。

地位や名誉なんてどうでもよいと言わんばかりに、そそくさと退散していったのだ。

それが結果的に、ラミアの気を惹くことになるとも知らずに。

「もういいですお二人とも。アルフさんのいる場所について、少しでも知っていることがあればと思ったんですけれど。……その様子だと、おそらく何も知らなそうですね？」

「え、ええ……。恥ずかしながら、えっと、その……」

大量の汗をかきながらしどろもどろになるファオスに、ラミアはまたしても大きなため息をついた。

「わかりました。ではもう結構ですので、ご退室なさってください。わざわざご足労をおかけし、申し訳ございませんでした」

「ま、待ってください王女殿下！　ベルダならいずれは、必ずあのアルフを超えますゆえ――」

「そんなことは聞いておりません。もうだいたいの事情はわかりましたので、すみませんが出ていってくださる？」

「は……はい。大変失礼をしました……」

そう言って元気なく退室していくレイフォート親子に、ラミアは思わず嘆息《たんそく》する。

彼がアルフという名前なのは判明したが、今現在はどこにいるのか、肝心なことは何もわからなかった。

彼と再会を果たすには、もう少し時間がかかりそうか。

――もうあまり時間は残されていない。

アルフと出会うには、私自身が積極的にならねばならないだろう。

「こうなったらもう、私みずからが旅に出るしかありませんね……！」

思い立ったが吉日。

ラミアは侍従を呼び出すと、さっそく彼を捜し出す準備を始めるのだった。

第二章　外れスキル所持者、常識外な力で気づかぬ間に無双する

1

★現在において使用可能なチートアビリティ
・神聖魔法　全使用可
・ヘイト操作

「な、なんか増えてる……!?」

翌朝。

何げなくスキルを確認した俺は、しれっと追加されている新能力に仰天していた。

たしか昨日シャーリーとの戦闘に勝利した後、何かしらのメッセージが視界に浮かんでいた気がするが……。あの時は涙が止まらなかったので、しっかり確認することもなくウィンドウを閉じてしまったんだよな。

つまり俺が涙に暮れている間にも、実は新能力を獲得していたってことか。

《神聖魔法》を使えるようになったのも、賊との戦闘後だった覚えがある。戦闘に勝って経験値がある程度溜《た》まっていくと、また新しい能力を授かれるのかもしれない。

「だとしたら、やばすぎるな……」

通常、人一人が授かるスキルは一つのみ。

稀《まれ》に複数スキルを扱える者も存在はするものの、そうした人物は数えるほどだと聞いている。それこそ王女の護衛を任されるほどの、超重要な役職に就くことも珍しくない。

そしてこの《∞チートアビリティ》は、その複数能力を俺に与えているわけだ。しかもその一つは《神聖魔法　全使用可》という、明らかなぶっ壊れ能力である。

「さすがにこれは夢か……？　あまりにも常軌を逸してるもんな」

そう呟きつつ自身の頬をつねってみるも、残念ながら（？）ただ痛いだけだった。

――まあ、とはいえこの新能力、正直言って全然意味わからんからな。

ヘイトという言葉が何を示しているのか、そしてそれを操作することで何が起こるのか……いまいち見えてこないのである。

それこそ、俺にとってなんの意味もないマイナススキルかもしれないしな。

まだ喜ぶには早いだろう。

「ちゅん……ちゅん……」

気づけば、窓の外から鳥のさえずりが聞こえてきていた。

しかも王都のように人の往来も激しくないので、それ以外はほとんど無音というか……。二十歳にして久々に迎えることのできた、とても穏やかな朝だった。

次は改めて、自分のいる寝室を見渡してみる。

ふかふかと寝心地の良いベッドに、綺麗《きれい》に配置されたマットや調度品の数々。もちろんレイフォート家の豪邸と比べれば「贅沢《ぜいたく》さ」では劣っているかもしれないが、むしろこれくらいのほうが落ち着くというものである。

しかもレイフォート家は公爵家であるため、優雅な立ち居振る舞いをずっと求められ続けてきたし——。

その意味でも、あんな堅苦しい実家よりは、この家のほうがよほど住みやすかった。

ちなみにだが、向こう三か月分は家賃を免除するとルリエ受付嬢から提案を受けている。これ自体はありがたい申し出だが、いつまでもそれに甘えているわけにはいかないからな。早く一人前の冒険者になって、せめて自分一人の生活くらいは成り立たせるようにしたい。

と。

「アルフさ~ん。いらっしゃるかしら?」

ふいに家の扉が叩かれ、俺はベッドから飛び起きる。

この声はAランク冒険者のシャーリーか。いったいなんの用だ?

「いまーす。ちょっと待っててください」

俺はそう言って洗面所に駆け込み、寝癖がひどいことになってないかだけ確認すると、急いで玄関の扉を開けた。

するとやはり、目の前にはメイド姿のシャーリー・ミロライド。

しかも両手にはバスケットを抱えており、そこには野菜やパン、肉などの様々な食材が載っていることが確認できる。

おかしいな。

食材についても、昨晩のうちに三か月分貰っていたはずなんだが……。

「朝ごはん作りに来ました♪　今日は私と一緒に食べませんか？」

「え……？　でも食材なら……」

「いいんですよ♡　だってアルフさん、きっとご自分では料理しないでしょう？」

「うっ」

痛いところを突かれ、俺は思わず押し黙ってしまう。

そう。

俺は今の今まで剣一筋の人生を送ってきたので、料理の腕はからっきし。

今日はとりあえず卵を焼いて、それをパンか何かに載せて食べようかと考えていた。もちろんレイフォート家の使用人が作る料理と比べれば物寂しいので、これについても今後の課題になるが……。

「ふふ、まあ遠慮しないでくださいな。この服を見ればわかると思いますが、私は他人に奉仕することに生き甲斐《がい》を感じるので♪」

「ほ、奉仕って……」

過去の経歴はよく知らないが、シャーリーは現在Aランク冒険者なのにな。それでもなおメイド服を着用しているところを見ると、何かしらこだわりがあるのだろうか。

「ささ、あがりますよ。お姉さんに見られてまずいものがあったら、今のうちに隠しておいてください」

そう言ってなかば無理やり家にあがると、そのままキッチンへと直行する。

もしかしたらこの家、何度か来たことがあるのかもしれないな。元は空き家ということだし。

「ふんふんふ～ん♡」

シャーリーはご機嫌そうに鼻歌を響かせながら、慣れた手つきで食材を捌《さば》いていく。

「とりあえず今日は美味しい美味《おい》しいサンドイッチにしようかなと思います。何か嫌いな食べ物はありますか？」

「い、いえ……特には」

「そうですか♪　好き嫌いないのは良いことです」

と楽しそうに話しているうちにも、相変わらず慣れた手つきでテキパキ料理をこなすシャーリー。

迷う素振りもなく野菜を刻み、肉を焼いている間にも、手が空くならドレッシングの作製にも取り掛かる。それは文字通りプロの仕事で、俺には到底できないお手並みだった。

「そうだ、隠し味にちょっとした香辛料いれておきますね。ブルーダ洞窟の最深部にあったユリミソウが素《もと》です」

「ユ、ユリミソウ……!?」

その言葉に、俺は思わず目を見開いた。

ユリミソウといえばなかなか採取できない植物で、市場で買おうと思えばかなり値段が張ると聞いたことがある。

というよりもユリミソウそのものが希少なので、いくら金を積もうが買えない時もあるはずだ。

俺は調味料に関する知識には秀でていないが、ユリミソウに生《な》っている実を水に漬けて、皮をこすり取った後に乾燥させる……。そうして細かい粒状にしたものを香辛料にしているわけだが、手間暇がかかる上に、きちんと実が生っているユリミソウ自体が少ない。

しかしそれだけに、香辛料としての人気は抜群に高いのも事実だ。

ちょっとだけ辛みがあり、料理全体の味を引き締めるんだよな。しかも汎用性が非常に高く、多くの料理のアクセントになるというか……これをかけるだけで、香りと刺激がぐっと増すのである。

俺も一応は剣帝の家系で生まれ育ったので、何度かユリミソウの用いられた料理を食したことはある。

けれどその希少性ゆえに、いくらリクエストしても用意できない時もあり――。

まさかそんな高級な食材をここで振る舞われることになろうとは、まったく想像もしていなかった。

「あ、ありがたいですがそれはまずいですよ……！　俺なんかのために、そんな……」

「あら、もう振りかけちゃいました♪」

慌てて制止した俺の努力も虚《むな》しく、香辛料はすでに肉やら野菜やらに振りかけられていた。

「そんなにお気になさらないでください。田舎では、こうやって人に良くするのが常識なんですよ？」

「そ、そうなんですか……？」

「はい♪　ですから、私がやってることも常識の範囲内です」

「………」

なんだか嘘くさい気もするが、王都からやってきたばかりの俺に、これを否定するだけの根拠は持ち合わせていない。ここは大人しく従うことにして、料理の完成を待つことにした。

「はい、お待たせしました♪」

果たして十分後、シャーリーはサンドイッチを載せたトレーを持って食卓にやってきた。

風味豊かなドレッシングをかけられた野菜に、ユリミソウの香辛料をふんだんにかけられたベーコン、他には同じくユリミソウをかけられた目玉焼き……。それらがサクサクと触感の良さそうなパンに挟まれており、正直、見るだけで食欲をそそられた。

「ご、ごくり……」

「ふふ、アルフさんのお口に合うかはちょっと不安ですけれど。腕によりをかけて作りましたから、どうか遠慮なく召し上がってくださいな」

「あ、ありがとうございます。――じゃあ、いただきます」

俺は一応の挨拶《あいさつ》を述べると、礼儀作法も忘れてサンドイッチにかぶりついた。レイフォート家を追い出された以上、もう貴族の慣習に従う必要なんてないからな。

「あら、アルフさんったら激しい♡」

「はんへ、ほほはいひんろふなほのをはへてはふて（だって、最近ろくなものを食べてなくて）」

「はいはい、わかりましたからゆっくり食べましょうね」

実家を追い出された際、父ファオスから向こう一か月分の路銀と食料を渡されはした。

いくらレイフォート家と縁を切ったとはいっても、俺がそのへんの路上で野垂れ死んでいたら剣帝一家の評判も地に堕《お》ちるからな。だからせめてもの保険として、俺に情けをかけたんだと思う。

だから生活そのものが際立って苦しいわけではないが、さりとて無駄遣いしていいわけでもない。いざという時に備えるため、少なくともここ数日は水とパンだけで過ごしてきた。しかも廃棄寸前の、安いパンをだ。

言ってしまえば、まともな食事をしたのは本当に数日ぶり。

いや――外れスキルを授かったあの日から、俺だけあからさまに料理の質を落とされたからな。その意味では、もはや二年ぶりとさえ考えられるかもしれない。

「……ありがとうございます、シャーリーさん。めちゃくちゃ美味しいです」

「ふふ、そんなに喜んでもらえると、作った甲斐がありますわ♡」

シャーリーは両手を重ね合わせて喜びを表現すると、自身もサンドイッチを頬張り始めた。といって俺のようにがっついているわけでもなく、あくまでおしとやかに丁寧に、気品すら感じられる仕草だった。

やはりこのシャーリーという女性、出自も含めて色々と気にかかるところだな。

もちろん、出会ったばかりの人にそんなことは聞けないけれど。

「そんなに喜んでくれるなら、私としても作り甲斐がありますね。明日からは毎日来てもいいですか？」

「えっ？　いやいや、さすがにそれは……！」

「私のことは気にしないでくださいな。あなたのように可愛い殿方がタイプというだけですから♡」

「タ、タイプって……」

「お付き合いしたい男性ってことです♡」

「いや、察してるんで言い換えなくて大丈夫です!!」

本当に人をからかうのが上手なお姉様だ。

どうせ本心ではないと思うが、彼女は俺が傷心中なのを知っているからな。そんな俺を慰めるという意味で、こんなにも突拍子もないことを言っているのだろう。

そんなやり取りをしている間に、俺たちはサンドイッチをぺろりと平らげた。

良い感じに空腹も紛れたし、本当に助かったな。肉体的な喜びももちろんあるが、それ以上に、メンタル的にも充電ができたというか……。

その素直な気持ちを彼女に告げると、

「あら♡　そんなふうに改めて言われると照れちゃいますわ♡」

シャーリーは例によって額に片手をあて、なぜか恍惚《こうこつ》とした表情を浮かべた。

ほんと、こういう仕草がいちいち様《さま》になってるよな。

「そうだアルフさん、今日から冒険者として活動することになると思いますけど」

そして数秒後、表情を改めたシャーリーが新たな話題を投げかけてきた。

「どうしましょうか？《神聖魔法》を扱えるなら、いきなりBランクから始めることもできるとルリエが言ってましたが……」

「………………」

なるほど、それが本題か。

本来ならEランクからスタートするのが普通だし、この手の話を外部で行うわけにはいかない。秘密裏に話を合わせるためにも、彼女は家に押しかけてきたんだろう。

「お気遣いありがとうございます。ですが最初は、Eランクから始めたいと考えてまして」

「……わかりました。アルフさんがそうおっしゃるのなら、私も強制はしません」

シャーリーはそこでホットティーを飲み干すと、改めて俺の瞳を見つめて言った。

「念のためお伝えしますが、Bランクのほうが高ランクの依頼を受けられますよ？　お父様を見返すこともできるでしょうし、悪くない話だと思うのですが」

「そうですね……。俺も最初はそう思ったんですけど」

しかし俺の一番の望みは、辺境でのびのびと過ごすこと。

これに尽きる。

外れスキルを授かっただけで家を追い出した家族も、それに便乗した王都の住民も、はっきり言ってもう信用ならない。変に悪目立ちするよりは、ここで新米冒険者として平凡に過ごして、のんびりとした人生を過ごしていく……。

それが俺の本音だった。

ラミア第三王女も俺を捜している可能性があるし、その意味でも、名を広めることはあまり良くないからな。

Bランク冒険者でなくとも〝そこそこの暮らし〟をすることは可能なはず。

その〝そこそこの暮らし〟さえできれば、俺としては充分だった。

「わかりました。きっとアルフさんなりのご事情があるのでしょうね」

俺の表情からだいたいの事情を察したのか、シャーリーはこれ以上追及しなかった。

「……となると、アルフさんの強さをみんなに広めるのもやめましょうか？　昨日の試験に立ち合ったのは私とルリエだけですから、このままでも隠し通すことはできますが……」

「はい、できればそうしてもらえると嬉しいです」

「わかりました。少しだけ物寂しいですが、でもそれがアルフさんの意思ですもんね……」

「物寂しい……？」

「当たり前じゃないですか。あんなに強かったアルフさんが、まだ世間には誤解され続けている。

――もちろんこの村にはアルフさんを迫害する人はいませんが、私はやっぱり、それが悔しいですよ」

「はは、ありがとうございます。そう言ってもらえるだけでも嬉しいですよ」

本当に、この村の人たちは温かいよな。

こうして朝ごはんを作りに来てくれたのもそうだし、こんなにも俺の心配をしてくれるなんて。

シャーリーには少し申し訳ない気持ちもあるが、俺の悪評が世間に広まってしまっている以上、無駄に目立っても悪手にしかならない。ここは俺の事情を優先させてもらおう。

「そうだ、それともう一つ、ついでに伝達事項があるんですが」

「はい？　なんでしょうか」

聞き返した俺に対し、シャーリーは一枚のメモ紙を差し出してきた。

その内容はこうだ。

外見：黒ローブ
性別：現在確認されている限りではほぼ男性、ごく少数ではあるが女性の構成員も確認
特徴：群れで行動することが多い
　冒険者たちを見かけたら陰で様子を窺っていることが多い。
　気配を敏感に感じ取ること

「……これは？」

なんだかこれ、最近見たことあるんだが。

「ここ最近、ムルミア村の周辺で何度か目撃されている不審者です。昨日ルリエが人手不足だって言っていましたが、その理由がこれだと思ってください」

「ふ、不審者……」

「ええ。これといって何かをしてくるわけではないんですが、王国内で良からぬ動きをしている可能性が高いです。要注意人物の一人――ルーイが最近かなりの達人に倒されたらしいので、当分は安全だと思うのですが」

ルーイ。

その名を聞いた時、俺は思わず咽《む》せてしまった。

そうだ。やけに覚えがあると思ったら、黒ローブかつ集団行動をする不審集団……あの時ラミアを襲っていた賊連中ではないか。

そういえばその賊の謎も、いまだ解明できていないままだよな。王族であるラミアを殺そうとするなんて、どう考えても普通ではない。

……まあ、俺なんかが干渉する話でもないけれど。

「どうしたんですかアルフさん。思い当たる節でも？」

「い、いえ……。こんな平和な村でも不審者がいるんだなって思って……」

「………？　そうですね」

何かを隠していることに気づいたか、シャーリーは小首を傾げる。

しかしこれ以上は特に深堀りしてくることもなく、俺の話に乗ってくれた。

「王都と違って、ここには充分な戦力が揃っておりません。事が起きてからでは対処できないので、その意味でも厄介な相手だと言えるでしょう」

「………」

最初は黙っていようかとも思ったが、これは村全体の安全に関わる話だ。

情報共有をする意味でも、ここは伝えておいたほうがいいだろう。

「あの、シャーリーさん。そのルーイは、俺は倒しました」

「………」

たっぷり数秒間、シャーリーはぴたりと押し黙り。

「えええええええええええっ!!　アルフさんが倒したんですか？」

と、家中に響き渡る絶叫をあげた。

「は、はい。神聖魔法を使えば、なんとか倒せたので……」

「は、ははは……たしかにそうですね。アルフさんなら倒せそうです」

シャーリーが心底驚いたような表情で俺を見つめる。

「でも、アルフさんはすごいですね。Aランク冒険者たちでさえ、何度も逃がしているっていうのに……」

「いえいえ、まぐれですよまぐれ」

……なるほど、Aランクの冒険者たちもルーイと戦ったことがあるのか。

ラミアが言うには《Bランク冒険者でさえ単身では勝てない》ということだったが、Aランク冒険者でも一筋縄ではいかない相手だったのかもしれないな。

その点、俺は最初から奴に舐《な》められまくっていた。

勝因があるのだとしたら、たぶんそこだろう。

「それで、お伝えしたいのはここからなんです。実はそのルーイを含めた賊集団が、ラミア第三王女を襲っていたのを目撃しまして」

「王女殿下を……？」

「はい。なんとか《神聖魔法》で倒すことができましたが、運が悪かったら、あのまま王女殿下が連れ去られていた可能性がありました」

「…………わかりました」

シャーリーは表情を引き締め、こくりと小さく頷いた。

「あの賊集団のなかではルーイが際立って行動を起こしていたというだけで、他にも厄介な使い手がいないとも限りません。こちらの情報については、ギルド内でも共有させていただきましょう」

「はい、ぜひともお願いします。でも、えっと……」

「ふふ、わかってますよ♡　情報元がアルフさんだっていうことは伏せさせていただきますから」

「あ、ありがとうございます……」

ほっと胸を撫《な》でおろす俺。

話のわかってくれる人が身近にいて助かったな。

「では、私はこれでお暇《いとま》させていただこうかと思います。今の情報をギルドに届けないといけませんからね」

シャーリーはそこで立ち上がると、最後に俺に微笑みかけながら言った。

「アルフさんも時間ができたら来てくださいい♡　ギルドマスターはまだ不在ですが、依頼の受け付け方法などは私からお教えしますから」

2

ということで、俺は冒険者ギルドに足を運んでいた。

もちろん、最初から危険度の高い依頼に首を突っ込むつもりはない。Eランクの俺が引き受けられる仕事なんて、たかが知れているしな。

「良さそうな依頼はありましたか？」

「そうですね……。これとかどうでしょうか」

隣で見守ってくれているシャーリーに言葉を返しつつ、俺は掲示板から一枚の張り紙を剥がす。

ヒツジモンの討伐依頼　十体

いつもお世話になっております。

近頃、どういうわけかヒツジモンたちが畑を荒らしている形跡があります。

つい最近まではまったく被害がなかったにも関わらず、急にヒツジモンたちが暴れ出し、私たちとしても非常に困っております。魔物除《よ》けを設置しても効果がなく、ある程度は人間慣れしている可能性があります。

すみませんがヒツジモンを十体、討伐願います。

――フェイム・ルーク

「ヒツジモンですか……。いいですね、初めての依頼としては充分な相手でしょう」

そう言って満足げに頷くシャーリー。

「新米の冒険者に限って、実力に見合わない高難易度の依頼を選びがちなんですけど……。その様子だと、アルフさんは心配なさそうですね」

「はは……。自分の無能さは、嫌というほど思い知ってますから」

ちなみにヒツジモンというのは、羊にも似た小型魔物だ。

モコモコとした毛に丸っこい瞳がなんとも可愛らしいが、魔物は魔物。獲物を見かけたら集団で襲いかかってくるし、今回のように畑を荒らすこともある。

戦闘力自体はそこまでもないので、わざわざ神聖魔法なんぞ使わなくとも、剣の腕だけで勝てる相手だけどな。だから俺のようなEランク冒険者でも受注できるわけだ。

「依頼人の住所は用紙に書いてあります。フェイムさんのお宅だと、馬車なら三十分くらいで着くと思いますよ」

「わかりました。でも俺には、お金が……」

「大丈夫です、ギルドには専用の馬車がありますから。依頼時だったら無料で乗れますよ」

……まあ、そりゃそうか。

依頼人にとっては当然、いち早く魔物を倒してほしいはずだもんな。

そこでちんたら徒歩で目的地に向かっていたら、正直不満でしかないだろう。

「アルフさんなら大丈夫だと思いますので、私も別の依頼を受けていきたいと思います。無事に帰ってきましょうね♡」

「は、はい……。そうですね」

なぜか色気たっぷりにウィンクするシャーリーに、俺はしどろもどろになるのだった。


約四十分後。フェイム家の近隣にて。

「はぁぁぁあああああ！」

「ギュアアアアアア!!」

――一閃。

たったそれだけでヒツジモンたちは倒れ、動かなくなった。

このヒツジモン、魔物のなかでは最弱とも呼ばれている敵だからな。わざわざ《∞チートアビリティ》を使わずとも、どうとでもなる相手だった。

「ありがとうございます。こんなに早く対応してくれるなんて……本当に助かります」

依頼書によれば十八歳だという美少女――フェイム・ルークはぺこりと頭を下げ、喜びの声をあげた。

「あんまりお金にならない依頼ですから、誰も来てくれないんじゃないかと思ってたのに……。アルフさんみたいなベテラン冒険者に来てもらって、すごく助かります」

「いや……ベテランではないんですけどね」

苦笑を浮かべつつ、俺はフェイムから報酬金を受け取る。

銅貨二十枚。

あまり贅沢をしなければ、今日一日の生活費くらいは賄える額だな。

……というか、掲示板に貼ってあった報酬金よりも銅貨が三枚くらい多いんだが。

「フェイムさん、このお金って……」

「いいんですよ。あんまり華のない依頼なのに、きちんと仕事してくれたお礼です」

「でも、俺なんてヒツジモンを倒したくらいですし――」

そこまで言いかけて、俺はぴくりと眉をひそめた。

フェイム家は村や集落内に存在するのではなく、周囲には森林や田畑が広がっているのだが――。

その森林地帯から、他にも魔物の気配がするのだ。

もちろん危険そうな気配ではなくて、ヒツジモンの群れっぽいけどな。

「フェイムさん、今回の依頼はヒツジモン十体ということでしたけど……。他にもいるんじゃないですか？」

「えぇっ？　そ、そうなんですかね？　いったい何体いるのか、私も把握できてなくて……」

まあ、そりゃそうだよな。

彼女が言うには、畑が荒らされていたのは主に不在時。

ヒツジモンの正確な数なんてわかりっこないし、だからだいたいの数を頼んできたんだろうが――。

「あくまで俺の勘ですが、他にもヒツジモンが潜んでいる可能性がありますね。せっかくなので、そいつらもまとめて倒してしまいましょう」

「え、でも今、うちにそんな依頼をする余裕なんて……」

なるほど。

正確な数がわからないからではなく、単に金銭的な余裕がなかったために、討伐数を十体に抑えるしかなかったわけか。

「大丈夫ですよ。お金のことなんか気にしないでください」

「え……？」


――剣帝たる者、弱き者にも手を差し伸べよ――

――決してみずからの力に溺れることなく、利他の精神を持ち続けよ――


これは代々の剣帝が現代に遺した、いわゆる家訓のようなものだ。

今のレイフォート家がこれを守れているのか甚《はなは》だ疑問だが、少なくとも俺は、書庫に眠っていた剣帝たちの教えを貪《むさぼ》るように読んできた。

今はもう亡くなってしまった剣帝たちの息遣いが、その本に託されているような気がしたからだ。

そして何より、俺もそんな剣帝たちのようになりたいと思ったのだ。

レイフォート家を追放されたせいで、もう剣帝になる夢は潰《つい》えたも同然だけどな。それでも偉人たちの教えを守りたがろうとするあたり……まだ、剣帝への夢は諦めきれていないのかもしれなかった。

「そんな……。お心遣いはありがたいですが、悪いですし……あっ」

フェイムが言い終わらないうちに、俺はその場から駆け出す。

気配を探る限りだと、たぶんヒツジモンもこちらの様子を窺っているようだからな。向こうが本格的に動き出す前に、こちらでできるだけ制圧しておきたかった。

「ギャ〜〜〜!!」

疾駆《しっく》を続けるうちに、脇の草むらからヒツジモンが飛び出してきた。

「遅い！」

レイフォート流。

――瞬剣の舞!!

「ギュアアア……」

俺が剣を鞘から抜き、そして数メートル先に進んだ時には、その道中にいたヒツジモンは動かなくなっていた。

これがレイフォート流の剣技が一つ、瞬剣の舞。

疾駆しながら剣を抜き、最小限の動きで剣撃を見舞うことで、ものの数秒で決着をつける技だ。

スピードに重点を置いている分、威力には心許《こころもと》ないけどな。ヒツジモン相手ならば、問題なく倒せるというわけだ。

「おおおおおおっ！」

その後も、俺は周囲にいるヒツジモンを残らずに狩り尽くした。

十体、二十体、そして三十体……。

休まずに戦い続けているなかで、さすがにある疑念が俺の脳裏をよぎる。

「いくらなんでも多すぎじゃないか……？」

こんなにも沢山のヒツジモンが棲《す》み着いていたならば、フェイム家はとうの昔から被害を受けていたはず。にも関わらず依頼書には、畑が荒らされ始めたのはつい最近だと書いてあった。ここに矛盾が生じるわけだ。

それだけじゃない。

「おいおいおい……」

森林の奥に歩を進めると、他にも多くの魔物がそこらじゅうをうろついていた。

巨大な昆虫型の魔物・カマキリン。

足が異様に発達した兎《うさぎ》の魔物・レッグラビット。

どれもヒツジモンと同程度の弱い魔物であるものの、数え尽くせないほど多くの魔物が、この一帯をうろついているのだ。

「はは……冗談じゃないぞ……」

息を切らしながら、俺は思わず苦笑いを浮かべる。

今のところの被害はフェイム家の畑のみだが、この調子だと、それどころでは収まりそうにない。畑どころか、人の命さえ危険に晒《さら》されかねないぞ。

「……さすがに、増援を呼ぶか」

茂みのなかで隠れつつ、俺はそうひとりごちる。

いくら弱い魔物だけとはいえ、さすがに一人で戦うのは骨が折れる。だからいったん引き返して、ギルドにこのことを報告しようと思ったのだが——。

「どうだ、奴の調子は」

「全然。暴れ回っていて話にならんよ」

ふいに人の話し声が聞こえ、俺は思わず顔をしかめる。

魔物が大量発生しているなかで、呑気に世間話をしているとは……どう考えても普通ではない。

そう思って振り返った瞬間、俺は咽せそうになった。

声の主が、なんと四名の黒ローブの集団だったからだ。

連中の周囲にも多くの魔物が歩き回っているが、しかしなぜか、魔物たちは奴らを襲わない。まるで最初から、人の存在に気づいていないかのような——。そんな気さえする。

しかも驚いたことに、集団の近くでは少女が一人、声もあげずに横たわっているではないか。気を失っているのか、もしくは息絶えているのか、ここからでは見えないが……。

「まあいい、とっととアレをしようや。人間を捧げれば制御できるんだろ？」

「ふふ、そうだね。とっとと始めるとしようか」

大量の魔物がうろついているなかで、呑気に会話を繰り広げている二人。

内容を聞く限りだと、ここで何かを行うつもりらしいが……。いったい何をするというのか。

「へっ、こいつをまた拝めるたぁ運がいい。いくぜ」

そう言うと、黒ローブのうち一人が懐から紫色の宝石を取り出した。

そしてそれと同時、その宝石が眩いばかりに輝き出すではないか。

「な、なんだ……？」

本能的な恐怖を覚え、俺は思わず茂みのなかで小声を発する。

この光景を実際に見るのは初めてなのに、なぜか鳥肌が止まらない。

いったいなんだ。

光る宝石だなんて、そんな道具は聞いたことがないぞ……⁉

「ギュアアアアアアアア‼」

果たして数秒後、俺はとんでもない化け物を見た。

一言で言うならば、巨大な影となるだろうか。

顔があって、両手があって、両足があって……姿かたちは人間とさして変わらないが、とにかくおぞましい風貌《ふうぼう》をしている。

まず特徴的なのは、周辺の木々とさして変わらないほどの巨体だ。奴の足に踏みつけられたが最後、おそらく生きては帰れない。

顔にあたる部分には、怪しく煌《きら》めく紅の光点がある。

それが瞳にあたる部分だと思われるが、見ているだけで身体が重くなりそうな、不思議な圧力が感じられた。

――化け物。

まさにそうとしか言えない怪物が、宝石の輝きとともに、目の前に現れたのである。

「ギャアアア！　ギャアアアアアア！」

自我は持ち合わせていないのか、化け物は出現と同時に激しく暴れ回る。

耳をつんざく奇声に、一帯を激しく揺らすような地団駄……まさに天災とも言える被害を引き起こしていた。

「はいはい、わかったわかった。そんなに暴れ回るなよベルゾルダ。おまえさんが好きな女なら、ちゃんと目の前に用意してあるぜ」

「ウゴ……？」

黒ローブの発言と同時、ベルゾルダと呼ばれた化け物の動きがぴたりと止まる。

「ほれ、そこの女が今回の獲物だ。遠慮なく喰え。そして俺たちの言うことを聞け」

「ウゴゴ……！　ホホホホホホホ……!!」

ベルゾルダは突如として奇妙な笑い声をあげると、地面に横たわる少女を両手で持ち始めた。華《きゃ》奢《しゃ》な人間を殺してしまうことのないよう、丁寧に持ち上げている。

「ウヒョヒョヒョ!!」

「え……?」

ベルゾルダの巨大な奇声を受けて、少女の意識も戻ってきたのだろう。

「いやぁあああああああああああああ!!」

目前にある化け物の顔に、悲痛きわまりない悲鳴をあげる。

「ふふ、死ぬ間際の女の悲鳴……。今日のおかずはこれで決定だねぇ」

「はっ。おまえもなかなかいい趣味してんじゃねえかよ」

この大惨事を引き起こした当の本人たちは、この状況を楽しそうに見守っている。よくわからないが、あの少女をベルゾルダに喰わせることで、あの化け物を制御しようとしているらしい。

「くっ……!」

ヒツジモンを狩りに来るだけの予定だったのに、とんでもない場面に鉢合わせてしまった。

当初は先輩冒険者を呼ぶつもりだったが、もはやそんな悠長なことは言っていられない。モタモタしている間に、少なくともあの少女は帰らぬ人となってしまうだろう。

あの化け物に、俺なんかが勝てるかはわからない。

けれど——!!

「おおおおおおおおおお!!」

俺は勢いよく地面を蹴ると、ひとまずベルゾルダに向けて疾駆を敢行。

レイフォート流、撃百閃!!

俺が全力で放った剣の一撃は、少なくとも捕食の足止めには成功したらしい。

「グオ……？」

ベルゾルダは不快そうな声をあげ、足元にいる俺を見下ろしてくる。

――だが、それだけだ。

大きなダメージを与えるどころか、少女の解放にさえ至っていない。

ベルゾルダは少女を両手で握りしめたまま、まるで蚊に刺されたかのごとく、鬱陶《うっとう》しそうな反応を見せただけだ。

「な、なんだおまえは!!」

「おのれ、気配を消していたようだね……！」

「大事な実験の最中だ、邪魔すんじゃねえぞ!!」

そして当然のごとく、黒ローブの連中にも見つかってしまった。

剣士タイプと魔術師タイプがいるようで、おのおの武器を構え、俺との戦いに備えている。

――仕方ない。かくなる上は……!!

「スキル発動、《∞チートアビリティ》！」

俺がそう唱えた瞬間、視界に見慣れた文字列が並んだ。

★現在において使用可能なチートアビリティ
・神聖魔法　全使用可
・ヘイト操作

今回使用する能力は、もちろん《神聖魔法　全使用可》。

これがあれば、黒ローブの連中はもちろん、ベルゾルダにも一矢報いることができるだろう。

《ヘイト操作》も試したいところだが、これの効果は現状不明だからな。

「神聖魔法……サンサーチライト!!」

そう唱えた瞬間、俺の片手から光の可視放射が放たれる。

それは途中で枝分かれし、四人の黒ローブ、ベルゾルダに向けて飛んでいった。

「ぬおっ!?　神聖魔法だと!?」

「こいつ、まさかルーイを倒した奴じゃ……!」

黒ローブたちが慌てたように警戒度を引き上げたようだが、正直もう遅い。

サンサーチライトの一番の特徴は、その威力でも攻撃範囲でもなく、圧倒的なるスピードにある。

まさに神速とも言えるほどのスピードで敵との距離を詰めていくため、気づいた時にはもう手遅れなんだよな。

「ぐぁぁあああああ!!」

「ば、馬鹿な……!!」

そう言って、黒ローブたちは地面に突っ伏していく。

低威力である分、この一撃だけでは仕留められないからな。だから両足を攻撃しておくことで、逃走や反撃を防ぐことができる。

そして。

「ギャァァァァアアアアアアアア!!」

ベルゾルダに対しても、今度こそ本格的にダメージを与えることに成功したらしい。背部に可視放射が激突し、たまらずといった様子で少女を両腕から解き放った。

その隙を縫って、俺は空を落下する少女を救助。

このへんの身のこなしはやはり、レイフォート家で腐らずに特訓し続けてきたおかげだな。強力なスキルこそ授かることができなかったが、長年の訓練によって染みついた立ち回りは、俺に想像以上の恩恵をもたらしてくれた。

すとん、と。

俺は少女を抱きかかえたまま、地面に落下。

「あ……あ、あなたは」

俺の腕の中で、少女はぶるぶると身を震わせていた。

すっかり怯《おび》えてしまっているが……さすがに無理もないだろう。一
意識が戻ったら目の前に化け物がいて、その化け物に殺されそうになっているわけだからな。

生残り続けるトラウマになってもおかしくない。

「ありがとう、ございます……。助けてくれて……」

「安心してください。あなたは必ず、俺が安全な場所に運びますから」

「お、教えてください。勇敢な剣士たる、あなたの名前を……」

そこまで言いかけて、少女は再び意識を失った。

詳しいことはよくわからないが、睡眠薬か何かを投与されているのかもしれないな。緊張の糸が
切れた瞬間、また猛烈な眠気に襲われ始めたようだから。

「…………ったく」

この少女に何が起きたのか。

そして黒ローブたちは、いったい何を企《たくら》んでいるのか。

詳しいことは俺にはわからないが、一つだけ、はっきりしていることがある。

「グァオアアアアアアア！　ガァァアアアアアア‼」

目の前にいる最悪な化け物――ベルゾルダを完全に怒らせてしまったことだ。

先ほどよりもボリュームの大きい胴間声《どうまごえ》をあげ、そこらじゅうの木々を片っ端から薙《な》ぎ倒してい
る。腕の一振りで大樹をへし折ってしまうとは、見た目に違《たが》わないパワーを誇っていると見ていい
だろう。

普段は人を発見次第すぐに襲いかかってくるカマキリンやレッグラビットも、今は何もしてこない。ベルゾルダという規格外の化け物を見て、かれらも恐怖を感じているのだろう。

「………………」

正直、勝てる気は微塵《みじん》もない。

これが偶然なのかはわからないが、ベルゾルダという名前を……俺は何度か聞いたことがあるのだ。

――いわく、太古の時代にて大量虐殺をしでかした最悪の魔物。

――いわく、世界を創造せし神々によってようやく打ち滅ぼされた魔物。

――存在するだけで災厄を引き起こす魔物の名は、ベルゾルダ。

たしかレイフォート家の古い文献のなかに、このような記述があったのを覚えているのだ。

最初は偶然かとも思ったが、影のような出《い》で立ちといい、腕を振るうだけで木々を倒している様といい……まさにそうとしか思えない。

もし仮にこの推察が外れていたとしても、ベルゾルダがとんでもない戦闘力を誇っている事実は揺らがないしな。

「グオオオオオ!!」

けれど。

それでも逃げることなく、ベルゾルダと対峙してしまう俺はとんでもない大馬鹿者なのかもしれない。もしくはまだ――みずからの剣で人々を救うという夢を諦めきれていないのか。

ちなみに少女には、近くの草むらのなかで身を隠してもらっている。

さすがに彼女を抱えつつ勝てる相手ではないからな。

「いっちょ……試してみるか」

そう呟きつつ、俺は再び《∞チートアビリティ》を起動する。

★現在において使用可能なチートアビリティ
・神聖魔法　全使用可
・ヘイト操作

意味も用途もわからない、謎能力——《ヘイト操作》。

まだ使ったことのない技だが、ベルゾルダが錯乱している今なら、少しは試してみる余裕がある。

これで形勢逆転することができれば、それこそ願ったり叶ったりだからな。

「能力発動——《ヘイト操作》!!」

そう判断し、俺はベルゾルダに向けて能力を発動した。

……のだが。

「…………あれ？」

しかし何も起こらなかった。

ベルゾルダはいまだにけろっとしているし、何かしらの魔法が発動された形跡もない。

文字通り、なんの効果も感じられない能力だった。

「は、はは……そりゃそうだったか……」

心のどこかでは少し期待していたものの、あくまで《∞チートアビリティ》は外れスキル。

ヘイト操作がなんだか知らないが——こんな外れスキルで戦況をひっくり返せるわけがなかったのだ。

ここはやはり、神聖魔法で切り抜けるしかない。

そう判断し、俺が魔法を発動しようとした……その瞬間のことだった。

「シャアアアアアアッ‼」

「ブオオオオオ‼」

なんと周囲にいた沢山の魔物たちが、あろうことか一斉にベルゾルダに突撃し始めるではないか。

もちろん一匹一匹はたいしたことのない魔物だが、何せ数がめちゃめちゃ多い。

いかにベルゾルダといえども、予想外なところから一斉攻撃されてしまってはたまらないだろう。

「ギュアアアアアアアアア！」

と悲痛な悲鳴をあげ、なんとその場に片膝をついてしまっている。

「は……？　え？」

当の俺は、何が起きたのかまったくわかっていない。

謎能力――《ヘイト操作》。

この様子から鑑みるに、魔物を従えるための能力ということだろうか……？　それならそれで《テイム》という別個のスキルがあるはずなので、何か違う気がするんだが。

気になるところだが、今はそれについて熟考している場合ではない。

まずはベルゾルダを倒すほうが先決だろう。

そう判断した俺は、ひとまず遠方から神聖魔法を発動する。一対一だったらまず間違いなく妨害されただろうが、ベルゾルダが大量の魔物に襲われている今ならその心配はない。

神聖魔法――ムーンライトフォース。
神聖魔法――《聖剣九十九舞》。

高威力な神聖魔法を、俺は二つ同時に発動する。

本来であれば、魔法を発動する際、体内を巡る魔素《まそ》を操作するのが鉄板だとされている。その魔素を大量に扱えば扱うほど、高威力な魔法を放てるという寸法だ。

しかしこの《∞チートアビリティ》には、そのような芸当は必要ない。

細かいことを考えずとも、ただ技名を唱えるだけで高威力の魔法を発動できてしまうわけだ。

魔素の操作が非常に難しいため、通常、魔法の同時発動は不可能だと言われているけどな。魔素を扱わない《∞チートアビリティ》には、それは関係ないということだ。
つまり要約すると、ベルゾルダは今、常識的にありえない出来事に遭遇している。
なぜか周囲の魔物に、次から次へと襲われ続け。
そしてこれからは、二つ同時に神聖魔法を撃たれようとしている。
いかにベルゾルダが強敵であろうとも、さすがにこれなら倒すことができるはずだ。
「いけ――――！　神聖魔法!!」
俺が勢いよく右腕を突き出した瞬間、二つの魔法がベルゾルダを襲う。
一つは、縦横無尽に荒れ狂う百もの聖剣。
一つは、地上から突き出してくる光の柱。
それらが一気にベルゾルダに突撃し、
「グルァァァァァァァァァアアアアアアアアアア!!」
と、一際大きな悲鳴が森林中に響き渡るのだった。

3

　終わったか……？

　俺はおそるおそるベルゾルダの傍《そば》に近寄るが、しかし再び起き上がる気配はない。ついでに黒ローブの連中も今の攻撃で気絶させられたようなので、ひとまずは、束の間の平和が訪れたと言っていいだろう。連中に囚《とら》われていた少女に関しても、無事に守りきることができたようだしな。

「グア……？」

「ヴァア……？」

　一方で残ったレッグラビットやカマキリンたちは、攻撃する相手をなくしたことで戸惑っているらしい。互いの顔を見合わせ、困ったような声を発している。

「………ガ」

　そして数秒後には俺の存在に気づいたようで、

「ギャ～～!!」

　と奇声をあげながら、今度はこちらに襲いかかってくる。

「……そうだ」

　そこで妙案を思いついた俺は、とりあえず遠くの大樹に向けて《ヘイト操作》を発動。

俺の予感が正しければ、おそらくこの能力は「魔物の攻撃する対象を移す」能力だ。ついさっきも、怯えていた魔物たちを一気にベルゾルダに襲わせたわけだからな。

「ギャ〜〜〜!!」

果たして魔物たちは奇声をあげると、俺の手前で急に身を翻し、俺の指定した大樹に向けて駆け寄っていった。それも一匹や二匹ではなく、この場にいる魔物すべてがだ。

「は……ははは……」

最初こそ意味のない能力かと思ったが、蓋を開けてみたらぶっ壊れているではないか。

神聖魔法のような派手さはないものの、別ベクトルの強さがあるよな。魔物の攻撃対象を変えるスキルなんて、少なくとも俺は聞いたことがない。

しかも……だ。

★一定の経験値獲得により、使えるチートアビリティが増えました。

◎現在使えるチートアビリティ一覧

・神聖魔法　全使用可

・ヘイト操作

★煉獄剣《れんごくけん》の使用可

今の戦闘に勝利したことによって、また新たな能力を獲得したらしいな。

その能力名は、煉獄剣。

なんだか恐ろしげな名前だが、例によって、俺はこんな技を聞いたことがない。一応、レイフォート家にいる間はいろんな流派の勉強をしてきたし――こんなおどろおどろしい技があるのなら、記憶に残らないわけがないんだけどな。

だが《神聖魔法》も《ヘイト操作》も、見ての通りぶっ飛んだ能力だ。

もしかしたらこの《煉獄剣》も、とんでもなく強い効果があるのだろうか……？

と。

「あの方向だ！　全員、ここから警戒を高めろ!!」

「了解です！」

ふいに緊迫した声が聞こえてきて、俺は思わず肩を竦《すく》めた。

その方向へ目を凝《こ》らすと、三、四くらいの人影が見て取れる。おそらく冒険者か。

「……っと、そうかそうか」

さっき戦ったベルゾルダは、そこらの木々にも迫るくらいの巨体だったもんな。

目撃者がギルドに報告して、討伐の依頼を出していてもおかしくない。しかもこの冒険者たちは気配の消し方がかなり上手なので、相当の手練れであることが推察される。

が。

——変に悪目立ちするよりは、ここで新米冒険者として平凡に過ごして、のんびりとした人生を過ごしていく。それが俺の本音だった——。

——ラミア第三王女が俺を捜している可能性もあるし、その意味でも、俺の名はあまり知れ渡ってほしくない——。

ここで悪目立ちするのはあまり得策ではない。

このベルゾルダとかいう奴、どう考えても新米冒険者の手に負える魔物ではないからな。

なるべく平穏に暮らしたい俺にとっては、ここは逃げるのが最善の行動だろう。

俺は急いで剣を鞘にしまうと、せっかくなのでベルゾルダの素材をいくつか剥ぎ取っておく。

逃げる時間はあまり残されていないとはいえ、こいつの素材は色々なところで使えそうだからな。

特に装備品はもう少し有用なものに取り換えたいため、その意味でも、ベルゾルダの素材を逃すのは惜しかった。

あとは近くにいるヒツジモンの素材もしっかり剥ぎ取るのも忘れない。

今回の依頼はベルゾルダではなく、あくまでヒツジモンだからな。

……こいつらが畑を荒らし始めたのも、おそらくは黒ローブの連中が原因だと思う。森林内のみで食糧を確保できなくなったために、フェイム家の畑を荒らした……。

それが事の顚末《てんまつ》なんだろうな。

が、今はそれについて思索《しさく》を巡らせている場合ではない。ベルゾルダが喰おうとしていた少女が置き去りになってしまうのは気がかりだが——冒険者たちもすぐそこに迫っているからな。《ヘイト操作》のおかげで魔物たちも遠くの木々を攻撃しているので、このままでも問題はないだろう。

そう判断し、俺はそそくさとこの場を後にするのだった。

★　★

Sランク冒険者のミュラー・カーフェスにとって、これほどまでに恐怖心が湧き上がってきたのは人生初めてのことだった。

突如、森林地帯に現れた巨大な化け物。

ミュラーも遠間からその化け物を目撃したが、あれはもはや、《魔物》という次元を超えている。

こちらがどう手を尽くそうが、絶対に勝つことができないような——。

Sランク冒険者としての知識を総動員したところで、まるで手も足も及ばないような——。

そのような本能的な恐怖心が、身体の底から湧き起こってくるのだ。

だが、だとしても自分はSランク冒険者。仮に未知の敵が相手だったとしても、魔物から人々を守る義務がある。

だから現在、ミュラーはなんとか恐れを抑えつけ、仲間とともに森林に潜入していた。

「あの方向だ！　全員、ここから警戒を高めろ!!」

「了解です！」

元気よくそう返事してきたのは、長年パーティーを組んできた仲間たち。

全員がAランク冒険者であり、そしてまた、早いうちからミュラーの才能を見抜いていた三人でもあった。

この三人がいたから、自分はSランク冒険者になることができた。

この三人がいたから、男だらけの冒険者ギルドのなかで、なんとか戦い抜くことができた。

仮に化け物に負けることになったとしても、せめてこの三人だけは死なせてはならない。死ぬ時は自分だけでいい。

そんな覚悟を決めながら、ミュラーはゆっくりと歩を進める。

心臓が大きく高鳴り、全身を流れる汗が止まらない。

――どうかフレイヤ神よ、私たちにご加護を。

確認した限りだと、あの化け物は腕の一振りだけで木々を薙ぎ倒していた。その攻撃を喰らってしまえば、いくら自分たちでも無事では済まない。だから化け物に反撃される前に、先手必勝で奇襲をしかけていく……。

それが今回、ミュラーたちの打ち出した作戦内容だった。

――が。

「シャドルネ。化け物の気配、感じるか？」

ミュラーはふいにある違和感を覚え、隣で身を潜める冒険者——シャドルネに問いかける。

「いえ、それが全然感じられんのですよ。……もしかして、リーダーも？」

「ああ、私も一切感じられなくなった。さっきまではあれほどおぞましい気配を感じたというのに」

そう。

この森林に到着する前は、それはもう巨大な殺気を感じたものだ。

それと連動するようにして、森林の奥から大量の魔物が逃げ出していた。ヒツジモンやカマキリン、レッグラビット……。

森に棲んでいたであろう魔物たちが、我先にと逃げるようにすれ違っていったのだ。

だが今は、それもすっかり鳴りを潜めている。

逃げ惑う魔物もいなくなったし、森の奥地から感じた気配も届いてこない。

いったい何が……？

「リーダー、どうする？　一気に突撃しますか？」

「いいえ、相手は相当の怪物だ。意図的に気配を消しているかもわからない。慎重に行くとしよう」

「了解です」

ミュラーの指示に対し、シャドルネは小声で返事をする。

「相手がどんな化け物だろうと、俺たちはリーダーについていきますよ。ずっとあなたに助けられてきたんすから」

「はっ、それは光栄だ」

口で笑いつつも、ミュラーはやはりプレッシャーに押しつぶされそうになる。

自分を信頼してくれるのは嬉しいが、これから戦うのは未知なる魔物。全力で立ち向かっていかねば……！

そう思いつつさらに歩を進めるが、しかし、依然として気配がまったく感じられない。

というか、化け物はさっきまで暴れ回っていたはずなのに、急に静かになりすぎでは……？

そんな疑念を抱きつつ、さりとて緊張感は緩めず、少しずつ森の奥地へと進んでいくと——。

「なっ……！　馬鹿な⁉」

目の前に広がっている光景に、ミュラーは思わず大声を発してしまった。

あれほど大暴れしていた巨大な怪物が、すでに事切れていたからだ。

ここで激闘が繰り広げられていたのか、周辺の木々は途中でへし折られ、ところどころの地面も深く抉れている。しかも黒ローブの男が四名倒れており、そして名前もわからぬ少女も一名——。

「こ、これは……いったい何が……？」

この理解不能な光景に、ミュラーはただ立ち尽くすことしかできなかった。

今まで多くの戦場を勝ち抜いてきて、それなりの経験を積んできたという自負があった。しかし目前に広がっている光景は、もはやそれらの常識から大きく逸脱している。

しかも四名の黒ローブ連中に至っては、どこかで見たことあるような……？

「ん……」

そんなふうに戸惑っていると、地面にうつ伏せていた少女が声をあげる。

怪我はしていなそうだが、さっきまで気を失っていたのだと思われた。

「おい、大丈夫か⁉　しっかりしろ！」

そう言いながら少女のもとに駆け寄り、彼女の背中に手をまわす。

念のため脈も測ってみたが、至って正常。顔色も悪くない。少し気にかかる点があるとすれば、少女の服があられもなくはだけているところか。

「こ、ここは……。私、無事なの……？」

「ああ。君は私たちが保護する。どうか安心してくれ」

「あれ……？　私を助けてくれた、男の人は……？」

「男の人だと……？」

一応あたりを見回してみるも、それらしき人影はない。

「落ち着いて話してくれ。その男の人ってのは誰だ？」

「……わからないです。でも、その黒い服の人たちに攫《さら》われて、でっかい怪物に食べられそうになっているところを助けてくれて……。すっごいかっこよかったんです。結婚したいです」

「け、結婚……」

最後のセリフはよくわからなかったが、しかしやはり、先に怪物と戦っていた人物がいたのか。

Sランク冒険者たる自分でさえ、恐怖で震えていたというのに……。

その《男の人》というのは、よほどの傑物であるに違いない。自分が情けなくなってくる。

「もう一つ聞かせてくれ。君を守ってくれたのは、その男一人だけか？　他にもいなかったのか？」

「いえ、一人だけです。すごいかっこよかったんです」

「…………」

信じられない。

あれほど巨大な化け物を、たった一人で倒してしまう人間がいるのか。

世界はまだまだ広い。

Sランク冒険者になったからといって、驕《おご》り高ぶっているわけにはいかないな。

「リーダー、ちょっといいすか」

そんな考えに耽《ふけ》っていると、ふいに背後からシャドルネが声をかけてきた。気を失っている黒ローブの男たちについて、さっきまで素性を確かめていたらしい。

「こいつら、たぶんギルドの〝指定警戒集団〟すよ。ほら、王国内を不審にうろつき回っているっていう……」

「ふむ、そうか……。どうりで見た覚えがあるわけだ」

「とりあえず、俺のほうで拘束してしまいますね。この化け物のこと、こいつらなら知ってるかもしれません」

「了解。よろしく頼む」

この少女の話だと、この黒ローブの男どもに攫われたっていうことだった。

その真意を問いただす意味でも、いったん身柄を確保しておきたいところだろう。

「というかシャドルネ、変だと思わないか？」

黒ローブの一人を背負おうとしているシャドルネに、ミュラーは釈然《しゃくぜん》としない表情で話しかける。

「え？　変っていうのは？」

「この一帯、普段は魔物で溢れ返ってるって聞いてるんだが。全然いないよな」

「あ〜……。怪物が怖くて逃げたんじゃないすかね？」

「最初は私もそう思ったが、もう倒されてるからな……。一匹や二匹くらい戻ってきてもおかしくないだろう」

「それはたしかに……」

やはり冒険者という職業柄、周囲に魔物がいるかどうかは常に気にかかる問題だ。

だからさっきからずっと警戒し続けているんだが、しかし一向に魔物が現れる気配がない。化け物から逃げていたんだとしても、ちょっと違和感があるのは気のせいだろうか……。

「あれ？」

その時、同じく黒ローブを背負おうとしていた仲間が高い声をあげた。

「リーダー、あれを見てください。あそこに魔物たちが集まってます」

「ん……？」

指さされた方向に振り向いたミュラーは、そこに信じられぬ光景を見た。

ヒツジモン、カマキリン、レッグラビット……。

この森に棲息している魔物たちが、一本の大樹に向けてひたすら体当たりを繰り返しているのだ。標的にされている木はかなり大きいものの、さすがに耐えきれなくなりつつあるのか、さっきから激しく揺れ出している。

「な、なんだあれは……？　魔物どもはいったい何をしてるんだ？」

「わ、わかんないっす……。あんなの見たことない」

問われたシャドルネも、同じく困惑気味の表情を浮かべていた。

――魔物たちが一斉に、一本の木だけに集中して攻撃する。

Sランク冒険者として数々の経験を積んできたミュラーにも、あの光景はまったくもって意味不明だった。

餌を確保するために、同じ種族間で手を組み、特定の魔物を攻撃する――。

このような光景なら見たことがあるが、しかし目の前で起こっているあれは種族がバラバラ。しかも大樹を攻撃したってなんのメリットも得られないだろうに、いったい何が起こっているんだか。

「あ……あれも、その《男の人》がやってたんです」

「は………………!?」

少女の思わぬ発言に、ミュラーは思い切り目を見開いた。

「男の人がやったって……あの魔物に指示してたってことか？」

「はい。意識がはっきりしてなかったので、あまりよくは見られてないんですけど……。そこのでっかい怪物に対して、魔物たちに攻撃させてました……」

「そ、そうなのか……。っていうことは、その人物は魔物を使役《しえき》するスキルの使い手か……？」

「いえ、違うと思います。剣も使ってましたし、なんだか派手な魔法も使ってました」

「…………」

おいおいおいおい、とミュラーは思った。

剣も扱えて、魔法も扱えて、魔物を使役することもできる……。

いったいどこの世界にそんな人物がいるというのか。

むしろその男のほうが化け物なのではなかろうか。

魔物を従わせるスキルに《テイム》があるが、これはあくまで使い手と主従関係を結ぶというものでしかない。つまり、意味もなく訳のわからない行動をさせるスキルではないはずなのだ。

しかし、あの魔物たちの様子を見るに――スキル使用者に従っているというよりかは、なかば強制的に行動させられているような。

そんな気さえするのである。

「いったい何者なんだ……。その人物というのは……」

「あ、気になっちゃいましたか？　すっごいイケメンだったので、捜しておいて損はないと思います」

「…………」

イケメンというのはさて置いても、ミュラーも彼が気になり始めているのは事実だった。

今までずっと、真なる強さを追い求め続けてきた。

より多くの人々を救うために。

ヴァルガンド王国をより平和な国とするために。

そして少しでも、憧れの父の背中に追いつくために。

もっと強くならねばならないというのは、常々ミュラーが考えてきたことである。

今回自分は、怪物と戦う前から怖気《おじけ》づいて、正直勝てるはずもない戦闘になると考えていた。

それでも件《くだん》の人物は、たった一人で怪物を打ち倒し、そしてみずからの名を広めることもなく姿を消した。

――たしかに、かっこいい。

己の名声などどうでもよく、ただ単に人々を救済せんとするその姿勢は、ミュラーの信念とも重なった。

「あの〜、リーダー？　どうしました？」

考え込むミュラーに向けて、シャドルネがなぜか微妙そうな顔で問いかけてきた。

「そろそろ行きましょうよ。またリーダーが余計なことを言い出す前に……」

「ああ、そうだな。また魔物たちが襲ってこぬうちに、いったんここを撤退しよう。――そして」

ミュラーは空を仰ぎ見ると、少女の言う〝イケメン〟を頭に思い浮かべながら呟いた。

「その後は全力で、この怪物を倒した男を捜すとしよう。この四人はもちろん、知り合いの冒険者たちにも掛け合ってな」

「え？　で、でもそんなことしたって、なんの金にもならないんでは……」

「やかましい！　彼を見つけ出すことは、ヴァルムンド王国――ひいては世界の安寧《あんねい》のために重要なことだ!!　全力で見つけ出すぞ!!」

「は、はぁ……。わかりました」

ちょっと面倒くさそうに返事をするシャドルネだった。

4

「ふう……疲れた」

ベルゾルダを倒してから、およそ二時間後。

俺はようやくの思いで、新たな拠点ムルミア村に辿り着いていた。依頼を受ける際には馬車を使えるが、さすがに帰りはそんなこともないらしいな。依頼完遂までにどれくらい時間がかかるかわからないので、仕方ないっちゃ仕方ないんだが――。

馬車なら三十分ほどで辿り着いた道のりも、徒歩だと二時間もかかってしまった。

帰りの交通費を賄うためにも、依頼の報酬金には少しだけ上乗せがされているらしいけどな。しかし今の俺は貧乏人なので、できるだけ所持金は浮かせておきたかった。

ちなみに帰る前、フェイムにはヒツジモンを追加討伐した旨を報告している。一刻も早く逃げ出したいところではあったが、さすがに依頼主に黙ったまま帰るわけにはいかないからだ。

――まあおそらく、あの畑荒らしの原因は、黒ローブとベルゾルダにあるだろう。

元々の住処《すみか》が安全になりさえすれば、ヒツジモンもきっと、縄張りを離れてまで畑を訪れることはないはず。とりあえずこれにて、無事に依頼完了だと言えるだろう。

「ああっ、そんな！　そこまで頼んでないのに、本当にありがとうございます……！」

「ちょっと貯金崩してきますから、報酬金はちょっと待っててください！」

とフェイムに頼まれたが、もちろんそれは丁重に断ってある。

金が欲しいのは事実でも、余裕のない人間から貰うつもりは毛頭ないからな。そんなことはきっと、先代の剣帝も望んではいまい。

ということで。

俺はフェイム家からムルミア村まで、馬車を一度も使わずに歩いてきた。

さすがに疲れたが、背に腹は代えられないからな。あとは冒険者ギルドでこの件を報告して、今日はもう休んでしまおう……。

そう判断し、冒険者ギルドの扉を開けた瞬間だった。

「おい聞いたか？　例の話……」

「ああ、とんでもねえ化け物が近くに現れたらしいな……」

「けど、もう倒されたんだろ？　誰がやったんだろうな……」

「さてな。俺たちにゃ縁のねえ話だ」

なんだ？

今朝と比べて、ギルド内がかなり騒がしい気がする。

いったい何が起きたというのだろう……？

「あ、あの～……」

困惑しつつ、俺はカウンターにいたルリエ受付嬢に声をかける。

「あっ！　アルフさん、無事でしたか⁉」

「えっ……？」

「たしかフェイムさんちの依頼を受けてましたよね？　実はそこで、未知の魔物が現れたらしくって……」

「み、未知の魔物……」

なんだか嫌な予感を覚える俺に対し、ルリエは間髪入れずに言ってきた。

「はい、なんでも影のようにぼんやりとした魔物で、なんとこの建物よりずっと大きいんだとか……！　アルフさんも特に被害はなかったですか？」

「あ、ああ……。はい、なんとか」

ベルゾルダのこと、もう話題になってるのか。

それだけ情報の把握が早いってことだから、頼もしくはあるんだが……。

「でも、安心してくださいね！　その怪物は何者かに倒されていたようですから、依頼には支障ないはずです！　恐ろしかったら別の依頼に取り換えることもできますが……」

「あ、えっと……、もう依頼は終わってます。十体どころじゃないくらいヒツジモンが湧いてたので、依頼数をかなりオーバーしていますが……」

「はい、わかりました。……って、え!?　もう達成してるんですか？」

ぎょっとしたように目を見開くルリエ。

その際、周囲の冒険者たちがこちらに視線を向けてきてしまった。

余計なことで目立つのは御免なので、俺は背を丸めつつ、小声で言った。

「はい、仰《おっしゃ》る通り達成済みです。これを」

依頼を達成した際、冒険者は依頼人から《依頼達成》のサインを貰うことになる。

もちろん偽装防止のため、その後にギルドの人間が依頼人に連絡を取る形にはなるけどな。そうして依頼人から承認されれば、晴れて正式な依頼達成となる。

だからあくまで、今は仮達成という状態にはなるが――。

ルリエはやはり驚きを隠せないのか、俺に身を寄せて、同じく小声で問いかけてきた。

「たしかに依頼達成書、承りました。――もしかして例の怪物は、アルフさんが？」

「は、ははは。どうなんでしょう、よくわかりません」

後頭部を掻《か》きながら、乾いた笑みを浮かべる俺に対し。

「はぁ～……」

とルリエは小さなため息をついた。

「……アルフさん、お強いのに嘘つくのは苦手なようですね」

「えっ……」

「顔に出てますよ。バレたくないからどうにか隠したいって」

「…………」

マジか。

たしかに父ファオスからは、おまえは馬鹿正直すぎると何度も言われてきた記憶があるが――。

やはりこういった駆け引きも、今後の課題といったところか。

「急に引き締まった顔にならないでくださいよ。……それに、私はもうアルフさんの強さを知ってるんですから。どうか隠さないでください」

「わ、わかりました。でもまわりには……」

「はい、わかってますよ。シャーリーは勘付くかもしれませんが、私から誰かに言うことはありません」

「ほっ、よかった……」

これで《∞チートアビリティ》の強さが露見《ろけん》してしまえば、平々凡々な日々が急速に遠ざかっていってしまう。それだけは絶対に避けねばならない事態だった。

「でも……ほんとにすごいですねアルフさんは。あなたと同じ年頃の人は、みんな有名になりたいって息巻いてるのに」

「い、いやあ……。もう注目を浴びるのは御免ですから」

俺の脳裏には、今でも王都の冷たい人々の記憶が強く根付いている。

——外れスキルを授かっただけで、態度を百八十度変えた友人。

——外れスキルを授かっただけで、俺を腫れ物のように扱ってきた使用人たち。

もし仮に《∞チートアビリティ》の有用性が認められて、あの時のような迫害がなくなっていったとしても……。そのように手のひらをひっくり返してくる人間を、信用できるはずもない。

そしてそもそも、俺はもう連中と関わりたくない。

だから、いいのだ。

有名にならなくても、誰にも認められなくても構わない。

ただただひっそりと平和に暮らせれば、それだけで――。

「失礼、立ち入ったことを言ってしまいましたね」

ルリエはそう言ってぺこりと頭を下げると、引き続き小声で話しかけてきた。

「……もし依頼中に入手した魔物の素材とかありましたら、遠慮なくお伝えください。換金ももちろん承りますし、もしよろしければ、腕の良い装備屋さんを紹介しますから」

「あ、それなら――」

ベルゾルダの素材を一通り回収したので、それを武器か防具に変えたいところだ。

安全性をとって防具から先に作ってもいいが、やはり俺は剣帝の子として生まれた人間。それより先に、強い剣が欲しい。

「もしお手数じゃなければ、腕の良い鍛冶師さんを紹介していただきたいです。強い剣を作りたくて」

5

「ぐ、ぐおおおおお……！」

一方その頃。

剣帝ファオス・レイフォートは、自室のソファに座りながら、ひたすら胃痛に悶《もだ》えていた。

「な、なぜだ……！　なぜラミア王女殿下は、あのアルフなどを気にかけているのだ……！」

そう。

胃痛の原因は疑いようもなく、ラミア第三王女の思わぬ言動だった。


――そんなことは聞いておりません。もうだいたいの事情はわかりましたので、すみませんが出ていってくださる？――


あの時のラミアの冷たい表情が、脳裏にこびりついたまま離れない。

まるでファオスとベルダを、話の通じない馬鹿者と認識していたような……。

まるで汚物に触れたかのごとく、もう関わりたくないとさえ思われていたような……。

とにもかくにも、ラミアに強く軽蔑されていることはもはや疑いようもない事実だった。そして
その理由が、ファオスには全然わからなかった。

外れスキル所持者など、神の加護から外れた劣等人。

剣帝の息子として生まれておきながら、外れスキルを授かるなどと言語道断。

少なくともファオスはそう考えていたし、それは身の回りの者もそうだった。懇意《こんい》にしている公爵家の人間もそうだし、世間の声だってそう。悪いのはすべて外れスキルを授かったアルフで、ファオスやベルダは何も悪くない。

それが世間の考えだった。

にも関わらず、ラミアはそれを真っ向から否定した。

外れスキル所持者がすなわち劣等人という考えを、なかば冷ややかに捉えていたのだ。

それが理解できなかった。


――外れスキルを授かった者は、神の加護から外れた、呪われし者――

現代ではその考えが常識だし、これを疑う者はいない。


――人はみな、十八歳の誕生日に神からスキルを授けられる――

――強いスキルを授かったということは、それだけ神に愛されている証《あかし》である――

――逆に外れスキルを授かった者は、神の加護から外れた、呪われし者である――

――呪われし者と関わると、神々の寵愛《ちょうあい》を受けられなくなると知るべし――

――ゆえに外れスキル所持者とは、縁を切ることが正義と知るべし――

これは古くからヴァルムンド王国に伝わる、《太陽神教》の教えだ。アルフだけはその教義に疑問を覚えていたようだが、それこそまさに言語道断。神の教えを信じないから天罰が下ったのだと、そのように考えていたのに……。

「くそ……！　なぜだ……!!」

しかしいくら考えたところで、明確な結論を出すことはできなかった。

とにかく今は――アルフよりベルダのほうが強いことを、第三王女に証明するしかない。

そうすることでしか、第三王女との仲を修復できそうになかった。代々続いてきた剣帝一家の繁栄を、ファオスの代で終わらせるわけにはいかない。

だから現段階で取れる策といえば、ベルダにより厳しい修行をしてもらうことだが……。

「だぁぁぁぁぁぁあああ！　何度言えばわかるんだよ！　俺がいねえ間に部屋片づけとけって言っただろ！」

「も、申し訳ありませんベルダ様……！　しかしわずか数分で、この部屋を清掃するのは……」

「あぁあ!?　なんだよてめぇ、俺の部屋が汚《きたね》ぇってのか!?」

「も、申し訳ありません、申し訳ありません……！」

扉の外から聞こえてくる罵声に、ファオスはさらに頭痛を感じてしまう。

ラミアの冷たい態度にストレスを覚えているのは、ファオスだけでなく、ベルダも同様。

元々修行を好む性格ではなかったが、あの一件があってから、より怠惰な性格に拍車がかかってしまった。

ファオスがいくら特訓を促しても、あれこれ言い訳を並べ立てて、部屋にこもるようになったのである。

あまつさえ、今回のように使用人に暴力・暴言までをも浴びせてしまう始末。

これではもう、剣帝の跡取り息子とは到底言える状態ではなかった。

「くそ……どうしてこんなことに……」

こうした時、ふいに浮かんでくるのが長男アルフの顔だった。


――父上、もっと俺に剣のことを教えてください!!

――いずれは父上の背中に追いつけるよう、頑張ります！


レイフォート家の長男……アルフ・レイフォート。

外れスキルを授かった無能者など、彼自身は真っすぐな性格だった。

ファオスから促さなくても毎日のように修行に明け暮れていたし、しかもファオスの教えを素直に取り込もうとしていた。だから成長も驚くほどに早く、剣の腕前だけならば、正直あと数年もすれば抜かれるとさえ思っていた。

ゆえに剣の技術だけであれば――正直アルフのほうが、ベルダより圧倒的に強い。

しかも素直な性格も加味して考えると、剣帝として適性があるのはアルフのほうだった。

だが、あいつが授かったのは外れスキル。

神の加護から外れた、呪われし者。

だからレイフォート家を追放して、絶対に正解だったはずなのに……！

「うるせぇ！　言い訳してんじゃねぇよ、俺様を誰だと思ってやがる！　次期剣帝様だぞ!!」

「痛い、痛い……！　もう許してください……！」

「口ごたえすんなボケがぁあ!!　それを決めるのは俺だろうがぁぁああ!!」

止まることのない暴言に、ファオスはまたも頭を痛めるのだった。

6

「え……！　それは本当⁉」

　一方その頃。

　第三王女のラミア・ディ・ヴァルムンドは、自室内にて驚きの新情報を耳にしていた。

「はい。ムルミア村に程近い森林地帯において、未知なる巨大魔物が出現。しかしSランク冒険者たるミュラー・カーフェスが当該箇所に訪れた際には、すでに魔物は事切れていたとのことです」

　跪いたまま淡々とそう告げるのは、近衛兵の一人――カーリア・リムダス。

　歳は四十ほどで、ラミアの若い時から身の回りを守ってくれた女性兵士でもある。

　もはや家族同然に接し続けてきたので、ルーイに襲われた後はもう、涙ながらに詰め寄ってきたものだ。今後はずっと私が傍にい続けます……‼　と。

「なるほど、未知なる巨大魔物……」

　ラミアはホットティーをスプーンで混ぜつつ、小さな声で呟いた。

「カーリアも、その魔物を見たことはないの？」

「そうですね。まだ実物を見ていないのでなんとも言えませんが、特徴を聞く限りだと、記憶にはありません。影のような姿かたちで、大樹にも迫るほどの巨体……。それこそ、古《いにしえ》の文献でしか聞いたことがありませんよ」

「…………」

「現在は、ミュラー一行が魔物の死体を王都に運んでくる手筈《てはず》になっています。そこでより詳しいことが判明するでしょう」

「そっか……。わかったわ。もう楽にして大丈夫」

ラミアがそう告げると、カーリアはすっと立ち上がる。

そしてそのままラミアのもとに近寄ると、足を小さく開き、背中に両手をあてがう姿勢となった。

「あら、そこに座ってくれてもいいのに。今日のホットティー、いつもと茶葉が違って美味しいわよ？」

「いえいえ、いつまたルーイのような賊が襲ってくるかもわかりませんから。しばらくはこうさせてください」

「大丈夫じゃない？　カーリアなら、鼻くそほじっててもルーイに勝てそうだし」

「……下品なお言葉は謹んでください。また陛下に怒られてしまうんですよ。私が」

「うふふ、冗談よ」

こういう掛け合いができるのも、カーリアだからこそだ。

いくら王族と距離の近い近衛兵といえども、ここまで腹を割って話せるのは彼女だけである。

ラミアはカップに口をつけ、ホットティーを少しずつ喉に送っていく。マスカットにも似た香り高さ、それでいて引き締まった渋みを味わいつつ、カーリアに向けて問いかけた。

「それにしても……何か感じない？　巨大魔物ってあたりが特に」

「そうですね。先ほどもお話ししたように、古の文献に登場する《ベルゾルダ》にも似ていると思います。……王女殿下のご懸念が、少しずつ現実味を帯び始めているかと」

「そうよね……」

王城にて厳重に保管されている、古の書。

その名を《エストリア大陸の詩》という。

もはやなぜそれが機密文書として取り扱われているかもわからず、ただただ古くから書庫に保存されているその書物を、ラミアは幼い頃から読み続けてきた。


――フレイヤ神の偉業、長く時を経た後世にて、広く語り継がれることとなろう――

――フレイヤ神の恩恵は世に繁栄をもたらすことになろう。恩恵を獲得せぬ者は神に見放されし者となろう――

――しかし混迷の世を救いし英雄は恩恵を授かりし者ではなく、神に見放されし者――

――その英雄が初めて力を顕現《けんげん》させるは、大勢の人々が住まう場所、その外れになろう――

――神をも超えた力に人々は恐れ慄《おのの》き、ある者は尊敬し、ある者は畏怖《いふ》し、ある者は憎悪を抱く――

――しかし世界を創造せし邪神の阻止が入り、世界は死の海と化す――


全体的に内容がぼんやりとしており、タイトル通りただの詩なのか、あるいは小説などの創作物なのか……。

そこまでは、文献を隅から隅まで読み続けても読み解くことはできない。

ところどころの文字が滲《にじ》んでしまっていて、特に最後のページはいくら頭を捻《ひね》っても内容が入ってこなかったのだ。

だがラミアは、これを一種の予言書ではないかと考えている。

たしかに現代ではフレイヤ神が強く信仰されているし、十八歳になると授けられるスキルも、フレイヤ神からの授かりものだと言われているほどだ。

そして文中にある《恩恵》もそう。

これを《スキル》と言い換えれば、まさに今ヴァルムンド王国の情勢そのものを示している書物になるのだ。

現代はまさしく、スキル至上主義の時代。

強いスキルを授かれば、それだけで人生は安泰《あんたい》であり――。

たとえ十八歳までの年月を怠惰に過ごしていようとも、それさえも関係ないのだ。

強いスキルさえ貰ってしまえば、その瞬間から最強剣士にも、最強魔術師にもなれるのだから。

だがその一方で、迫害を受けている者も数多くいる。

実家を追放されてしまったというアルフ・レイフォートもその一人であり――他にもまた、同様に虐げられている《外れスキル所持者》は数え尽くせないほど存在する。

だが……昔はそうではなかったらしい。

たとえどんなスキルを授かろうとも、その強さによって優劣をつけられることはなかった。

現代では外れスキルと認定されている能力だって、使いどころさえうまく見つけられれば、活躍の機会が与えられるもの。スキルの内容如何《いかん》で何もかもが決定づけられる現代は、はっきり言って異様と言う他なかった。

けれど現代のヴァルムンド王国において、フレイヤ神への信仰は絶対。

だからこそ剣帝として知られるファオス・レイフォートも実の息子を家から追い出し、そのことに対し罪悪感さえ覚えていなかったのだと思う。

現代でスキル至上主義に疑問を感じているのは――おそらくラミアを含め少数派だから。

そのような時代の移り変わりを的確に言い表しているのが、この《エストリア大陸の詩》。ゆえにラミアはこれを予言書のようなものだと解釈し、文中に書かれている英雄に会いに行こうとした。

大勢の人が住まう場所といえば、もちろんヴァルムンド王国の王都。

その周辺を捜せば、きっと当該の人物に会えると思ったから。

そしてその道中で――ルーイを筆頭とする謎集団に襲われた。それが事の経緯だった。

「このタイミングで王女殿下が襲われたのも、何か薄気味悪さを感じますよ。その賊たちが、この予言通りに事を進めようとしているような……そんな気配さえ覚えます」

そう告げるカーリアも、またどこか神妙な表情を浮かべている。

「陛下もやはり、本件をお信じになりませんか？」

「そうね……。何度かお伝えしてるんだけど、お父様もフレイヤ神のことを固く信じているから

「……」

「なるほど、それはたしかに難しそうですね……」

この《エストリア大陸の詩》に関して、ラミアは何度も父に訴えた。

もしかすれば、これは予言書の類《たぐい》かもしれない。

だからきっと、先代の王たちもこれを王城に遺したのかもしれない。

このままだと世界は終末へと向かう可能性があるから、心の片隅にでも気にかけてほしい……と。

しかしやはり、書物の内容がそのまま現実に反映されるなど荒唐無稽でしかない。ただでさえ多忙な国王が、この話を聞き入れるはずもなかったのだ。

ラミアとて、この出自不明の古文書を疑いたくなる気持ちもある。

けれど一度気になってしまったら、それがずっと心に残ってしまうのが人の性《さが》。

現代がスキル絶対至上主義となってしまっているのも含めて、自分がどうにか変えてみたいと思うのだった。

――しかし混迷の世を救いし英雄は恩恵を授かりし者ではなく、神に見放されし者――

――その英雄が初めて力を顕現させるは、大勢の人々が住まう場所、その外れになろう――

――神をも超えた力に人々は恐れ慄き、ある者は尊敬し、ある者は畏怖し、ある者は憎悪を抱く

――

この部分を思い起こすと、英雄というのはレイフォート家からの追放者――アルフ・レイフォートである可能性が高い。

彼の強さはまったく常軌を逸していた。

剣の腕前もかなりのものだったし、その上で《神聖魔法》まで使いこなしていた。

ここヴァルムンド王国において、剣も魔法も達人級に使いこなせるのはごく少数。彼はそれを事もなげに成し遂げただけでなく、強いスキルを所持しているわけでもなかった。つまりフレイヤ神から見放された、呪われし者だったのだ。

ここまで状況が揃っていて、さすがに英雄と無関係だとは思えない。

さっそくアルフに出会うための準備を整え、この書物のことを本人に伝える必要があるだろう。

命を助けてもらったお礼もまだ済んでいないし。

「カーリア。巨大魔物が出現したのは、ムルミア村の近くだったかしら」

「ええ。正確には、その近くの森林地帯で目撃されました」

「そうすると……まあ単純に考えて、そのムルミア村の近辺に身を移している可能性が高そうね」

田舎は王都と違って、情報の鮮度はあまり高くない。

アルフという名前を聞いて外れスキル所持者だと連想できる者は少ないだろうし、王都よりはうまくやっていける可能性が高いだろう。

きっと彼自身もそう判断して、ムルミア村に向かったのだと思われた。

「ラミア王女殿下、今回は私も同席させてください。前回は訓練のため王女殿下を護衛できてなかった。今後はもう、あのような惨劇を繰り返したくないのです」

「うん、もちろんよ。ありがとう、カーリア」

このようなやり取りを交わしたのち、ラミアとカーリアは、ムルミア村に向かうための準備を始めるのだった。

第三章　外れスキル所持者、無自覚に英雄になる

1

「どうじゃ。これが完成品……絶影剣《ぜつえいけん》じゃ」

「おおお……!!」

翌朝。ムルミア村。

その外れにある鍛冶屋にて、俺は感動のあまり息を詰まらせそうになっていた。

――ベルゾルダの素材をふんだんに使用した、その名も絶影剣。

刀身全体が漆黒に光っており、どことなく邪悪そうなオーラが漂っている。また柄の部分には四方八方に突き出している突起物があり、全体的に禍々《まがまが》しい雰囲気が感じられるな。

そしてこの絶影剣の効果が、何より素晴らしい。

「敵に気づかれにくい効果がある……ってことで、いいんですよね？」

「うむ。対象に一度認知されると効き目はなくなるが、それまでは存分に効果を発揮するじゃろう。効果が適用される範囲などは、おぬしが自分で見つけるのがベストじゃな」

「わかりました……！　ありがとうございます」

敵に気づかれにくくなる剣。それだけで、俺にとってはこの上ない効果だった。

なるべく目立つことなく、平々凡々に生きていく――。

そんな俺の願望を、しっかりサポートしてくれる剣だから。

もちろん攻撃力なども以前の剣とは比較にならず、より有利に戦うことができるようになるだろう。ベルゾルダとの戦いは苦労したが、それ以上の見返りを得ることができたわけだ。

これもひとえに、ルリエが凄腕の鍛冶師を紹介してくれたからである。

「ほっほ。久々に良い剣を作れて、ワシも満足じゃよ」

そう言って笑う老年の男性は、以前は凄腕の鍛冶師として、王都で名を馳せていたという。

なぜならば、この男性の所有スキルは《鍛冶　極《きわみ》》というもの。

上質な装備を作る上では必須とも言えるスキルを持っており、今思い起こせば、父もこの老人のことを口にしていた気がする。

――すでに隠居してしまったが、かつて王都には、どのような素材からでも強力な剣に変える職人がいたのだと。

たしか名前を、バエドルといったはずだ。

「アルフ・レイフォートといったか。おぬしのこと、ワシも見覚えがあるぞ」

そのバエドルは自身の腰をとんとんと叩きつつ、近くにあったパイプ椅子に座る。

「え……俺をですか?」

「うむ。といってももう、今から十五年ほど前か……。おぬしが覚えていなかったとしても無理はないが」

「いえいえ、俺は覚えてますよ。むしろバエドルさんの記憶に残ってたことが意外でした。沢山の人から鍛冶依頼を受けてきたでしょうから……」

「ほっほ。そうじゃな、数えきれんほどの依頼を受けてきたよ」

そこで懐かしそうな表情を浮かべるバエドル。

「ワシも昔は、それこそ世のため人のために必死になっていたもんじゃ。自分が良い剣を作れば、その分、人類の発展に繋がるとな」

「…………」

「じゃが、途中でその虚しさに気づいたんじゃよ。いつしか人々はスキルを絶対的なものと捉え、己の名誉のために剣を握るようになった。……断じて、ワシはそれを手伝うために剣を打ちたかったわけではない」

「バエドルさん……」

現代の情勢に違和感を抱いていたのは、なにも俺だけではなかったってことか。

彼の言う通り、スキル至上主義の風潮には疑問を禁じえない。

たとえ外れスキルでも活躍の場はきっとあるはずだし、俺の《∞チートアビリティ》だって、神聖魔法を使ったり魔物の攻撃対象を操作したり……唯一無二と言ってもいい性能を誇っている。

にも関わらず、父ファオスは、前例のないスキルというだけで俺を追放した。

はっきり言って——異常だと言う他ない。

「じゃが、アルフよ。おぬしは良い目をしておるな。たとえ膨大なる力を得たとて、それを己のためだけに使うことはないじゃろう」

「はは……そうですかね。わからないですけど」

後頭部を掻きながら、俺はぼそりと呟いた。

「でも、迫害される側の気持ちはわかっているつもりですから。同じような苦しみを、もう誰かに味わってほしくないという気持ちはあります」

「うむ、それでよかろうて。まだ人生は長い。今はやりたいことを探してみてもいいじゃろう」

やりたいこと、か……。

これまでずっと剣帝の名を継いで、大勢の人々を守ることだけを考えてきた。

ラミア・ディ・ヴァルムンド第三王女だって、時と場合によっては俺が専属護衛になっていたかもしれない。

けれど……その道は固く閉ざされた。

いくら十八歳までに多くの努力を積んできたところで、授かったスキルが使い物にならなければ、その瞬間から未来はない。

今の俺はもう、人生の目的も、やりたいこともない、宙ぶらりんの状態だ。

やはりこのまま、ひっそりと誰にも知られることなく、のんびりと過ごしていくのが最善か。

「バエドルさん。えっと、このことは誰にも……」

「ほっほ、わかっておるよ。おぬしのことは村の誰にも伝えんわい」

「よかった……ありがとうございます」

ほんと、この村の人たちは温かいよな。

王都の人々はみな、街を出歩いている俺を見かけるや、迷惑そうな顔をしながらも嬉しそうに噂話を始めていたのに。

「じゃあ、俺はこれで失礼します。良い剣を作ってくださり、ありがとうございました」

そう言って、俺は鍛冶屋を後にするのだった。

★　★　★

「昨日の怪物を倒した奴、魔物にも変な魔法をかけていたらしいぜ……？　一本の木だけを集中して攻撃させていたらしい」

「おいおいマジかよ……。まさか、テイマーの類か？」

「いやいや違うだろ。俺もテイマーの知り合いならいるけどよ。そんなことはできねぇってさ」

「そうなのか……。テイマーでもないのに魔物を操れるって、いったいどんな奴なんだ」

ベルゾルダを倒して一日経った後も、昨日のことは大きな話題になっていた。

冒険者たちが目を輝かせて話しているのもそうだし、それは依頼者にも同様のことが起こっている。

「昨日、大きな化け物を倒した冒険者さんはいますか⁉　サインほしいんですけど……！」

と、目をキラキラさせた子どもがそう受付に聞いていた時は、思わず頭を抱えてしまいそうになった。

まあ当然、ルリエ以外は昨日のことを知らないからな。

だから受付も「わからない」としか答えていなかったが、その後に子どもが悲しそうにギルドを後にしている様子を見て、さすがに俺も罪悪感を抱いてしまった。

思えば、俺も出発点はここだったかもしれない。

強い冒険者に憧れて、俺もその人のように強くなりたい。

剣帝として世間に認められて、多くの人を助けられるような英雄になりたい。

そんな強い思いがあったからこそ、きっと十八年間、スキルを授かる前から特訓を続けることができたんだと思う。今ではもう、無駄な努力だったとしか思えないが――。

「あ、アルフさん！」

そんな物思いに耽りながら掲示板を眺めていると、ふいに俺を呼び止めてくる者がいた。

シャーリー・ミラロイド。

冒険者登録の際に試験官を務めてくれた、Aランク冒険者だ。

「シ、シャーリーさん。どうしたんですか？」

「ちょっと話があるんです。奥へ来てくださる？」

そう言ってがっと腕を掴んでくるシャーリーに、有無を言わさぬ圧力を感じる。

――まさか、もうバレてしまったのか。

「え……。でもちょっと今日は、そういう気分じゃないなって……」

「そういう気分とはどういう気分でしょうか？　私と話すのがそんなに嫌ですか？」

「いえ、そ、そういうわけでは……」

「なら、こっちに来てくださいっ♡　話したいことがいっぱいありますから」

「ちょ、待ってください……!!」

そのまま腕を引っ張ってくるシャーリーに、俺はなかば引きずられるようにして別室へと連れ込まれるのだった。

「いいなぁ、あの人……」

「あのシャーリーさんと仲良いなんて……」

と周囲の冒険者たちになぜか羨《うらや》ましがられていたが、そう思うんだったら代わってほしかった。


「で、昨日ベルゾルダを倒したのはアルフさんですよね？」

――結論、やっぱりバレていた。

「ど、どうですかね……。なんのことだか俺には……」

「隠したってバレてますよ。アルフさんが当時、フェイムさんの依頼を受けていたのは知っています。この近辺に住んでいて、化け物を倒せるくらいの使い手といったら――アルフさんしかいませんから」

「いやいや、さすがにそれは言いすぎでは……」

冒険者ギルド。その応接間にて。

テーブルを挟んだ両サイドに、俺とシャーリーはそれぞれ腰かけていた。

なんだか高品質なコーヒーを出されたようだが、まったく味を楽しむことができない。辺境で送る夢の平凡生活が、早くも崩れ始めているからだ。

「……そんなに怖がらないでくださいって。言ったでしょう？　私からアルフさんの情報を漏らすことはないって」

「は、はあ……。でも、それじゃあなんのために呼び出しを……？」

「情報共有ですよ。建前上はＥランク冒険者ですけど、アルフさんには、これを話しておいたほうがいいかなって」

「これ……？」

目を瞬《またた》かせる俺に対し、シャーリーは一枚の紙を差し出してきた。

何かの報告書のようで、見出しには太陽神党《たいようしんとう》と、大きく太字で書き込まれている。

「アルフさんが昨日倒した、黒ローブたちの正体ですよ。おそらくルーイも、同じ組織に所属していたと思われます」

「た、太陽神党……⁉」

聞いたことがある。

現在の国教とも言える宗教が《太陽神教》で――信仰対象はフレイヤ神。

フレイヤ神は別名《太陽神》とも呼ばれ、《知恵神》《治癒神》とともに世界創造をしたと信じられている。

そして現代において、このフレイヤ神への信仰はかなり根強い。

だからこそ十八歳になれば、誰もが教会を訪れ、フレイヤ神からスキルを授かることになる。

——呪われし者とされている、外れスキル所持者以外は。

この太陽神党というのは、いわば太陽神の教義を世界に広めるための布教師だ。

ヴァルムンド王国では絶対的な価値観となっているスキルも、国を出ればそうでないと聞く。だから太陽神への信仰も薄く、なかには神の存在さえ疑っている者もいるのだとか。

そうした者たちに太陽神教の素晴らしさを説き、教えを広める布教師——。

それが太陽神党であると、俺は聞いたことがある。

「どういうことですか？　なぜ布教師が、こんなことを……」

「わかりません。ミュラーさん——失礼、Sランク冒険者の方が厳しく問い詰めた結果、太陽神党の一員であることだけ判明したようですから」

「ま、待ってくださいよ……!!」

そこで俺は勢いよく立ち上がり、自分でも驚くほど大きな声を発していた。

「もし連中の正体が太陽神党だっていうなら……。どうして国教とも言える宗教の布教師が、ラミア王女殿下を襲っていたんですか……!!」

「……………そうですね。一連の事件が一挙にきな臭くなるんです」

うつむきながらそう呟くシャーリー。

「だから、このことはアルフさんにお伝えしないといけないと思って。きっとあなたなら力になってくれるような――そんな気がするんですよ」

「…………」

もう、未来に希望を持つのはやめるはずだった。

もう、俺がいくら頑張ったって無駄だと思っていた。

だけど、この気持ちはなんだろう。


――じゃが、途中でその虚しさに気づいたんじゃよ。いつしか人々はスキルを絶対的なものと捉え、己の名誉のために剣を握るようになった。……断じて、ワシはそれを手伝うために剣を打ちたかったわけではない――

――昨日、大きな化け物を倒した冒険者さんはいますか⁉　サインほしいんですけど……！――


この期に及んでもまだ誰かを助けたいという気持ちが浮かんでくるなんて、俺は本当の馬鹿者か、もしくは命知らずなだけか……。

「わかりました。俺にできることがあるかはわかりませんが、できる限り気にかけていきたいと思います」

「ふふ……ありがとうございます。アルフさんならきっとそう言ってくれるって、信じてましたわ」

「…………」

「それから、これはお礼状です。合わせてお受け取りください」

「え……？」

眉をひそめながら、差し出された用紙を受け取る。

送り主は、昨日の依頼主――フェイム・ルークだった。

アルフさんへ

先日はどうもありがとうございました。

アルフさんのおかげで畑を荒らす魔物はいなくなり、家のまわりも平和になりました。

あなたが依頼を受けてくれて、本当に嬉しく思います。

何より嬉しかったのは、アルフさんがお金のない私を助けてくれたこと。

手持ちがなくて十体だけのヒツジモン討伐依頼でしたが、アルフさんはそんな私に気を遣って、もっと多くのヒツジモンを退治してくれました。

おかげで、今ではもうアルフさんの大ファンです。

もう依頼する内容もありませんので、よかったらうちに遊びにきてください。とびきりに美味しいご飯とお菓子を用意して、お待ちしております。

――フェイム・ルーク

「こ、これは……」

「見ての通りですよ。……ふふ、新人さんが依頼後にお手紙を貰うなんて、けっこう珍しいんですよ？」

アルフさんの優しさに感動したフェイムさんが、こうしてお手紙を届けてくれたんです。

「………………」

「しかもアルフさんってば、本当は自分だってあまり余裕がないはずなのに。それでも世のため人のために頑張れるって、本当にすごいことだと思います」

「いえ……大げさですよ。俺はただ、できることをやっただけですから」

そう言いながら後頭部を掻く俺だが、正直に言えば、胸にくるものがあった。

——外れスキルを授かった自分に、もう未来なんてないと思っていたのに。

——そんな俺でも、まだまだできることは残っていたということか。

俺の悪評が大きく広まっている以上、アルフ・レイフォートという名のもとに行動をすることはできない。噂を知っている者なら絶対に俺を白い目で見てくるだろうし、また厄介なことが起きないとも限らないからな。

けれど、そんな俺でもできることがあるのなら……。

もう一度、挑戦してみてもいいのかもしれない。

外れスキルを授かったことで諦めてしまった、自分の剣で人々を守ってみせるという夢を。

「ふふ……アルフさん、少しだけ目が輝き始めましたね」

「え……？」

「いえ、なんでもありませんわ♡」

シャーリーはそう言って小さく微笑むと、数秒後には一転して表情を改め――。

「協力してくださるというのなら、一つ、一緒に出向いていただきたい依頼があります。いかがでしょうか？」

2

「ここは……？」

一時間後。

目の前に広がる草原地帯を見渡しながら、俺は小さな声でそう呟いた。

シャーリーとともに辻馬車《つじばしゃ》に揺られること一時間。

――太陽神党の手がかりになるかもしれないので、ぜひついてきてほしいんです――

彼女の言葉を受けて、二人でここまで辻馬車に乗ってきた。

現地で説明したほうがわかりやすいという理由から、どういった場所なのかまでは教えてもらっていないが……しかし目の前に広がっているのはただの草原。

手がかりになりそうなものは見当たらないが……。

「そうですね。端的に言うならば、太陽神党が来るかもしれない場所――ということになります」

「え……？　ここに、ですか？」

「はい。前にもお伝えした通り、太陽神党は王国各地をうろついてますから……」

そういえばそうだ。

ムルミア村を訪れた翌日、シャーリーから不審集団のことを詳しく教えてもらったはず。

黒ローブを羽織った謎集団が、王国各地で不審な動きを見せている。といって明確な事件を起こしているわけでもなく、何かしらの謀《はかりごと》を企てているとして、ギルドでも強い警戒心を抱いている――。

今思えば、それを太陽教の布教師がやってるってことだもんな。

国教として王国中から崇《あが》められている宗教の信者が、いったいなぜそんな不審な動きを……。

「見てください、これを」

そんな考えに耽っていると、屈《かが》んだ姿勢のシャーリーが、地面のある一点を指さして言った。

「け、剣……？」

「ええ。よく目を凝らさないと見えないほど、短い剣ですが……」

彼女の言う通り、地面には短剣が一本刺さっていた。

しかもどういうわけか、俺はさっきまでこの剣の存在そのものに気づけなかったのだ。今朝作ってもらった《絶影剣》のように、周囲の人間に気づかれない能力でもあるということか。

「どういうことですか？　太陽神教の人間が、この剣を差し込んでいるということですか……？」

「いいえ、逆です。王国各地にも、実は同じように地面に刺さっている短剣があって――それを太陽神教が抜いているという形になります」

なんだ。

いったいどういうことなんだ。

意味深に地面に埋まっている剣もよくわからないし、それを抜こうとする意味もまるでわからない。

ただ一つ、はっきりしていることといえば――。

「この短剣……なんだか不気味ですね。ドス黒いオーラが漂っているというか……」

そう。

地面に埋まっているその剣を見ていると、訳もなく鳥肌が立ってくるのだ。

実際にも刀身全体から漆黒のオーラが放たれているし、ウォォォォォオオ……という不気味な音も聞こえてくる。だからこそ、さっきまで剣の存在自体に気づけなかったことが気味悪かった。

「もしかしたら、ギルドでもこの剣を見つけたのは最近なんですか？」

「ええ。ある冒険者が太陽神教の動向を追っていたところ、偶然この剣を見つけたらしいんです。それまではギルドのほうでもまったく把握できていませんでした」

「………………」

そりゃあかなりきな臭いな。

実際に何が起きているのかはわからないまでも、この短剣が気にかかるのは事実だ。

「ですから、二人で張り込みをしたいんです。相手の人数次第では、私一人では荷が重いかもしれませんので」

「なるほど……そうでしたか」

俺なんぞがシャーリーの役に立てるかは微妙だが、太陽神党が妙な動きをしているとわかった以上、黙っているわけにもいかない。

「わかりました。協力させていただきます」

「ふふ、ありがとうございます♡」

シャーリーはそう言って両手を合わせると、くるくると周囲を見回し始めた。

「あ、あの木なら隠れるのに良さそうです。あそこで待ち伏せしましょうか」

見れば、たしかに際立って高い木があるな。おまけに直径もかなり大きめなので、隠密行動をするにはうってつけだろう。まわりには雑草も生えているので、それも良いカモフラージュになりそうだ。

俺としても異存はなかったので、二人で木の陰に向かう。

「…………」

「あれ？　どうしたんですか、アルフさん」

「い、いや……。なんでもありません」

足音を立てないように疾駆している姿といい、メイド服を着ていても動きに無駄がないことといい、やはりこの人――ただ者じゃない。

まあもちろん、Aランク冒険者という時点で普通ではないんだけどな。

「あら♡　もしかしてお姉さんの美貌《びぼう》に惚《ほ》れちゃいましたか？　駄目ですよ、今はちゃんとお仕事をしないと」

「何言ってるんですか、まったく……」

こんな軽口を言い合っている間にも、彼女は周囲への警戒を怠《おこた》っていない。

色々と気にかかる点はあるが、張り込みをするにあたって、これほど頼もしいパートナーはいないだろう。俺は俺で、待ち伏せに全意識を向けていかないとな。

「あら……？」

そうして草木の裏に隠れ続けること数分。

シャーリーがふと何かに気づいたかのように、小さく眉をひそめた。

「あれ、どうかしましたか？」

「いえ……。魔物にまったく気づかれていないと思いまして」

「あ、そうか……」

ベルゾルダの素材を用いて、バエドルに作ってもらった絶影剣。

その効果は、敵に気づかれなくなるというものだった。

おそらくシャーリーにも同様の効果が適用されて、魔物に気づかれにくくなっているのかもしれないな。

そのことをシャーリーに伝えると、

「え……!?　敵に気づかれなくなる効果ですか……!?」

と、やや大きめな声を発した。

「はい。ベルゾルダ……昨日の大きな怪物を倒した時の素材を使ったんです」

「そ、それはすごい効果ですね……。少なくとも私は聞いたことがありません」

「俺もです。たぶん太陽神党にとっても予想外でしょうから、隠密行動にはぴったりでしょう」

こうして待ち伏せする際、魔物の存在はかなり厄介だからな。

思わぬところから襲われる可能性もあるし、よしんば魔物の攻撃から逃れられたとしても、それだけで大きな物音を立ててしまう。

だから待ち伏せの時は、警戒対象に気づかれないようにするのはもちろん、魔物の動向にも注意を払わなければならない――。

父の友人がレイフォート家に招かれていた時、たしかそのような話をしていた気がする。

「ふふ、さすがアルフさんですね。私の知らない間に、そんなにも強くなっているだなんて」

「いやいや、俺なんてまだまだですよ」

念のため《ヘイト操作》も使おうと思ったが、それはやめておく。

魔物が不審な動きをしていると、それだけで太陽神党に気づかれる恐れがあるからな。今回は絶影剣の効果のみで乗りきっていきたいところだ。

五分、十分、二十分……。

そうして張り込みを続けている間にも、魔物たちが襲ってくることは一切なかった。

時々近くまでカマキリンが歩み寄ってくる一幕があったので、その瞬間はさすがにひやっとしたけどな。

それもたまたま近くに寄ってきたというだけで、こちらの姿に気づいたわけではなかった。

大きな音さえ立てなければ、至近距離の敵にさえ補足されることはない。そんな絶影剣の強さを思い知った形となった。

そして。

「……シャーリーさん、誰か来ますね……！」

「さすがですね、アルフさんも気づきましたか……！」

俺が小声でそう話しかけると、シャーリーも同じく小さな声で応じた。

ここは近くに街も村もないためか、人通りそのものがかなり少ない。だから張り込みをしている間中も、人っ子一人通らなかったのだが――。

今まさに、遠方から迫ってきているのだ。

黒カーテンでなかの様子を完全に遮断している辻馬車が。

「アルフさん、気配的にはどうですか？」

「そうですね……。前に戦った黒ローブたちと、たしかに気配が似ている気がします」

「なるほど……やっぱりビンゴかもしれませんね」

俺たちはさらに身を屈め、絶対に存在を悟られないように息を殺す。

絶影剣の効果があるとわかってはいても、やはりこういう時は緊張するよな。

心臓が大きく高鳴り、息遣いが速くなるのがわかる。

できれば呼吸そのものも落ち着けたいんだが、さすがにこれは制御の利くものではなかった。

その点、シャーリーはやはりただ者ではなかった。

息一つ乱れることなく、ただただ馬車の動向を窺っている。

「ふふ、緊張しますか？　アルフさん」

「え……」

「いいんですよ。そういう時はお姉さんを好きなようにしてもらっても♡」

「まったく……何言ってるんですか」

この状況でも余裕綽々とは、さすがはAランク冒険者といったところか。どうもそれだけじゃないような気もするけどな。

と。

俺たちの十メートル先くらいで、辻馬車がふいに止まった。

それも剣が埋まっている場所のすぐ傍だ。

「………‼」

そしてその数秒後、俺は待ち伏せの成功を悟った。

馬車から続々と降りてきたその人影が、やはり黒ローブの男たち――改め太陽神党だったからだ。

「ふう……やっと着いたか。この場所が最後だったたか？」

「おいおい、馬鹿を言うな。あと一か所あるぞ」

「………」

「クク、そう面倒そうな顔をするな。そちらは別部隊が動いているから、我々の任務はここで終了だ」

「はぁ……。それを聞いて安心したよ」

「ああ。やっと我らの悲願を達成する時が来たのだ」

耳を澄ませると、党員同士で会話をしているのが聞こえるな。

シャーリーが言うには、剣は王国各地に埋まっているらしいからな。

具体的に何か所あるのかはわからないが、そのすべてを抜こうとしているのなら、たしかに骨の折れる作業になるだろう。

そしてもう一つ、なんだか気になることを言っていたな。

「……シャーリーさん。あいつら、あと一か所って……」

「はい。私もそう聞こえました」

そう。

あの男たちが言うには、剣の埋まっている箇所はあと一つ。

それを抜き終われば、晴れてあいつらの悲願が達成されるらしいが――。

「どうしましょう、シャーリーさん。このまま突撃して、剣を抜くのを阻止しますか？」

「…………」

そこで彼女はしばらく考え込み、数秒後にゆっくりと答えた。

「もう一つの箇所についても、実はAランク冒険者たちが監視に入っています。あちらは五名と大所帯ですから、もし制圧の必要に迫られた場合には……そちらにお願いする手筈になっています」

……なるほど。

たしかにそのほうが理に適《かな》っているな。

こっちに来ているのは俺とシャーリーの二人だけだし、敵の人数次第では返り討ちに遭う。そうなるくらいだったら、少人数であることを活かして、太陽神党を泳がせたほうが無難か。このまま短剣を抜かせてしまうのは癪《しゃく》だが、ここは任務を優先させたほうがよさそうだ。

「……もし可能なら、私たちのほうで太陽神党のアジトを捜したいと思ってます。民衆に見つからないよう、隠れ家のような場所を用意しているはずですから」

「わかりました。ではこのまま連中の様子を窺って――」

俺がそこまで言いかけた、その瞬間。

「む～！　む～～～～!!」

なんとも聞き覚えのある声が馬車のほうから聞こえて、俺は思わず顔をしかめた。

「おい、うるせえぞ。誰か静かにさせろ」

「んなこと言ったってなぁ。王女様を好き放題にできる機会なんてねえだろ？　生贄《いけにえ》に捧げる前にさぁ……いいだろ？」

「ったくよ……好きにしろってんだ。その代わり、教皇様に知られたら大変なことになるからな」

「へいへい、誰にも見られないようにやりますよ～だ」

そう言って、党員の一人が馬車のなかに消えていく。

もしかしなくても誰かを引っ張り出そうとしているようだが、王女様って、まさか……!!

「え……!?」

数秒後に姿を見せた人物に、さしものシャーリーも驚きを隠せない様子だった。

――第三王女ラミア・ディ・ヴァルムンド。

国民の誰もが知る少女が、両手両足を縛られた状態で馬車から引きずり出されてきたからだ。

「おいおい、嘘だろ……!?」

俺も思わず少し大きめの声を発してしまう。

しかも馬車のなかからは、もう一人党員以外の気配も感じられる。

かなりの使い手であるようだが——まさか、太陽神党にやられてしまったということか。

「シャーリーさん……！　さすがにこれは、追跡どころでは……!!」

「そうですね。王族が攫われているのを見過ごすわけにはいきません。作戦変更といきましょう……！」

★　★　★

第三王女ラミア・ディ・ヴァルムンドは、度重なる苦境に泣きそうになっていた。

アルフ・レイフォートを捜すために、側近の近衛兵カーリアを連れて王都を離れた。

また怪しげな集団に襲われる可能性があったので、一般の辻馬車に紛れ込み、その上カーテンを引いて内部を知られないようにしていたのに——。

ムルミア村に向かっている道中で、またしても黒ローブの連中に襲われた。

ここまでくると、さすがに〝運が悪かった〟で済む話とは思えない。前回ルーイに強襲《きょうしゅう》された時もそうだったが、連中は明らかに、馬車にラミアがいることを知っていて殴り込んできた。

一度ならず二度までも……あまりにもちょうどよすぎる襲撃。

今回に至っては、ラミアの遠征を知る者は王族だけだったはずだ。

これまではこの疑念に蓋をしてきたが、もはや事実だと思っていいだろう。ラミアの動向をこいつらに横流ししている者が――王族のなかにいる。

だが、それがわかったところでどうなるというのだろう。

「へへへ……こんな森の奥まで来りゃ、さすがに誰にも見つからねえだろ」

「おい、早く済ませろよ。王女様をいたぶれる機会なんて、そうそうねえからな」

今自分を引きずっている男三人は、あのカーリアでさえ歯が立たなかった。

いや――正確に言えば、途中から歯が立たなくなった。

男たちが何やら怪しい光を放つようになった瞬間、個々の戦闘力が飛躍的に高まっていったのだ。

カーリアはルーイ程度なら余裕で勝てるほどの実力を有していたが、それでも、謎のパワーアップを遂げた男たちには敵《かな》わなかったのである。

結果、自分と同じように拘束され、カーリアも馬車の奥に放り込まれている状態だ。

つまり現在、自分を助けてくれる者はどこにもいない。そして当然、ラミアではこの男たちには敵わない。

――笑い話だ。

《エストリア大陸の詩》のなかには、「国の体制に疑問を抱きし王の娘、反旗も虚しくいたぶられ死す」という記述があった。

自分が国の体制に反していているとは思っていなかったが、王族の誰かが自分を敵対視していればとな――たしかに反旗を翻しているように思われているだろう。

すべては《エストリア大陸の詩》の予言通り。

このまま何も抵抗できず、自分は死ぬのだ。まずは男たちに女としての尊厳を傷つけられてから、その後は――。


「おおおおおおおおおおおおおおおおおおっ!!」


その時聞こえてきた大声に、ラミアは一瞬懐かしさを覚える。

つい先日、ルーイの魔手から守ってくれた男の声にそっくりだった。

これもまた……笑い話である。

恐怖心のあまり、聞こえるはずのない男の声を聞いてしまうなんて。

「うおっ!!」

「なんだこいつは！　気づけなかったぞ!!」

いや、違う……！

気のせいじゃない。

助けに来てくれた人物は、まさか――!!

「ラミア王女殿下、ご無事ですか!!」

「ア、アルフさん……!?」

――それは明確に、《エストリア大陸の詩》に書かれている予言が初めて外れた瞬間だった。

★　★　★

「ア、アルフさん……!!」

腕のなかでうっすら目を開けているラミア王女からは、いつも国民に見せているような毅然《きぜん》とした態度は感じられなかった。

瞳は赤く染まり……両頬からは涙の跡が見て取れる。

初めて出会った時はかなり天真爛漫《てんしんらんまん》な様子だったが、今はすっかり大人しくなってしまっているな。

「王女殿下、どうか掴まっててください。後は俺がなんとかします」

俺はそう言いつつ、ラミアを自身の背中にまわす。

最低限の力は残っているようで、王女自身も、ぎゅっと俺の胸のあたりで腕を交差してくれた。

「ありがとうございます、アルフさん……。私、いつも助けられてばかりで……」

「いいんですよ。気にしないでください」

そう言って頷くラミアの身体はぶるぶる震えていた。

よほど怖い思いをしたんだろうな。

「おまえたち……!!」

沸々と湧き起こる怒りとともに、俺は太陽神党の党員たちを睨みつける。

元いた三人のうち一人に関しては、絶影剣の能力で気づかれる前に倒すことができた。あと残すは二人のみだ。

「王女殿下にこのような暴行を加えるとは……いったいどういうつもりだ……!!」

「うおっ……！　なんだこの気迫は……」

「待てよ、こいつどこかで……？」

俺の姿を見て、党員のうち一人が片眉をひそめた。

「思い出したぞ！　こいつはアルフ・レイフォートだ！」

「アルフ・レイフォート……？」

「ああ。外れスキルを授かって、剣帝の家を追放されたんじゃなかったか」

「な、なんだよ……。誰かと思ったらフレイヤ神様に見放されたクズかよ」

「こんなとこに来て何するつもりだよ？　王女様を助けて汚名返上しようってか？　健気《けなげ》だねぇ、ひゃははははははは!!」

……なるほど、こいつらは俺のことを知っているのか。

それならそれで好都合だ。

警戒心を持たれている時よりも、油断してくれているほうがよほどやりやすいからな。

ちらと視線を横方向に向けると、シャーリーが太陽神党と戦っている姿が見て取れる。あそこに残っている党員のほうが多いので、連携を取られる前に、二手に分かれて戦っていく──。

それが今回の作戦だった。

俺とシャーリーは共闘した経験がないので、二人で正面突破を仕掛けてもうまく連携できない。

そんな不利な戦いをするよりも、個々で勝負を仕掛けたほうがいいだろうという判断だ。

「はっ、ほんとに馬鹿な奴だよ。王女を背負った状態で戦うつもりだぜ、あいつ」

「ひゃははは！　勝てるわけねえのにな」

二人が油断たっぷりに会話を交わしている間に、俺はスキル《∞チートアビリティ》を起動する。

◎現在使えるチートアビリティ一覧
・神聖魔法　全使用可
・ヘイト操作
・煉獄剣の使用可

晴れて絶影剣を手に入れたことだし、今回は煉獄剣を使うことにする。

やはり剣帝の息子として生まれた以上、剣で戦うのが夢だったからな。

◎煉獄剣が使用されました。
創造神《∞の神《むげん》》の力が一時的に復活します。

三神に蹴落とされた怒りが原動力になった剣につき、取り扱いにはご注意ください。


「は……？」

視界に浮かんできたメッセージを見て、俺は思わず目を見開いてしまう。

世界を創造した創造神というのは《太陽神》《知恵神》《治癒神》の三柱を指すのではないのか……？

《∞の神》なんて聞いたこともないが、いったいどういうことだ……？

そんなふうに困惑している間にも、俺の身体の底から言い知れない力が湧いてきた。ドス黒い怒りでありながら、同時に悲哀《ひあい》も感じるような。信じていた仲間たちに裏切られ、世界のすべてに絶望を覚えているかのような……。

「おおおおおおおおおおおおおおっ!!」

湧き出してくる力に身を任せ、俺は自分でも驚くほど大きな声を発する。

見るもおぞましい漆黒の霊気が、自分自身から勢いよく迸《ほとばし》っている……。

「な、なんだ……？」

「ま、まさか邪神の力か……!?」

党員たちが驚きのあまり目を見開くが、もはや構っていられない。

俺は勢いよく地面を蹴り、一気に二人との距離を詰めていく。かつてない速度で景色が後方に流れていき、さながら風と一体化したような感覚を感じる。

ガキン！　と。

絶影剣が敵の胴体を捉える寸前で、党員の一人がみずからの剣で攻撃を防いだ。

「うおっ……！　重い！」

だが、もう一人のほうは反応が間に合わなかったようだな。

「がはっ……！　嘘だろ……!!」

こっそり放っておいた神聖魔法のサンサーチライト——光の可視放射に胸部を撃ち抜かれ、そのまま両膝から地面に崩れ落ちた。

……剣と魔法の同時使用。

以前はどちらか片方に集中しないと行えなかったが、今ではすんなりこなせるな。

これもまた、《∞の神》とやらの力ということか。

「愚かなりアルフ・レイフォート……！　フレイヤ神様から見放され、とうとう邪神に心を売ったか……！」

俺の剣を受け止め続けている党員が、息を切らしながらもそう言い放つ。

「邪神……？　何馬鹿言ってるんだ」

「ああ……？」

「王女様を攫って、人気《ひとけ》のないところで弄《もてあそ》ぼうとして……。それがフレイヤ神を信じている者のやることかよ。おまえらのほうがよほど邪神の手先っぽいぜ」

「な、なんだと………!!」

なんだろう。

昔からピンチに陥るとやや好戦的になるきらいがあったが、《煉獄剣》を使用するとよりそれに拍車がかかるな。

これもまた、《∞の神》が感じてきたという怒りのなせる業ということだろうか。

「おのれ……！　ならば!!」

党員はそう言って無理やり剣を振り払い、その衝撃を利用して後方に飛びのく。

そして右目を押さえつけると、驚くことに赤色のオーラを放ち始めるではないか。

「貴様が邪神の力を使うなら、俺は聖なるフレイヤ神様の力を使うまでだ！　我ら栄誉ある太陽神党の力、とくと思い知るがいい！」

ゴゴゴゴゴゴゴ……！　と。

奴から放たれる力に反応してか、一帯が激しく揺れ始めている。

木々に止まっていた鳥たちが甲高い悲鳴をあげ、慌てた様子で逃げ始めていく……。

「ははははははは！　どうだ思い知ったかアルフ・レイフォートよ！　フレイヤ神様の加護を受けた俺ならば、このように急激なパワーアップを遂げることも可能なのだ!!　呪われた貴様には一生できぬ芸当だろうがな！」

「………ふん、うるさいハエだな」

「な、なに……!?」

「余計な御託並べてないでかかってこいよ。ぼくのかんがえたさいきょうけいたいなんだろ、それが」

「き、貴様……ッ！」

俺に煽《あお》られたことがよほど屈辱的だったのか、党員が怒りに表情を歪《ゆが》める。

「いいだろう。そこまで言うならば、秒で決着をつけてやる……!!」

そう言って猛ダッシュをかまそうとしてきたが――もう遅い。

レイフォート流、瞬剣の舞。

俺が疾駆しながら剣を抜き、そして着地をした時には、党員の全身には数え尽くせないほどの剣撃が打ち込まれていた。

「ば、馬鹿な……！」

そう言って地面にうつ伏せる党員は、最後まで何が起こったのかわかっていないような、虚《うつ》ろな表情を浮かべていた。

「ふう……」

終わった。

ラミアに不逞《ふてい》を働こうとした三名の党員は、地面にうつ伏せたまま身じろぎもしない。

一応、攻撃をする際に力を抜いておいたからな。死んではいないまでも、すぐには起き上がれないくらいのダメージを与えることはできたはずだ。

「王女殿下、ご無事ですか……うっ」

そう言ってラミアを地面に降ろした直後、全身を鋭い痛みが襲いかかってきた。

「ア、アルフさん……！　大丈夫ですか？」

「ええ……。どうやら、ちょっと無理のある能力を使ってしまったようです」

その場でうずくまる俺の背を、ラミアが心配そうにさすってくる。

新能力――《煉獄剣》。

名称に〝剣〟とついている通り、剣士としての実力を飛躍的に高める能力らしいな。戦いながら神聖魔法を扱うこともできたし、父ファオスにも負けないくらいに、自分の力を発揮できたような気がする。

だがそれと引き換えに、自分の身体に強烈な負荷を与えるっぽいな。

とんでもない勢いでスタミナが消費されていく感覚もあったし、連発はできないだろう。ここぞという時にだけ使うのが一番よさそうだ。

それにしても……《∞の神》か。

色々と気にかかる部分はあるが、それについてはいったん後回しにしておくか。今の状況が完全に落ち着いたわけではないし、ここから少し離れたところでは、シャーリーが別の党員と戦っているはずで……。

「あら？　そちらももう決着がつきましたか」

と思っていたが、なんと彼女のほうでも片がついたらしいな。

縄で縛りあげている四名の党員を引きずりながら、ここまで歩みを進めてきた。

「よかった……。シャーリーさんも無事でしたか」

「ふふ、さすがに少し手こずりましたけど。なんとかなりましたわ♡」

……少し、か。

その割にはメイド服が一切汚れてないんだが、まあそれには突っ込まないでおく。

「ふふ、大丈夫ですわ。この党員たちは気絶させただけですから、死んではおりません。後でたっぷりこってり、情報を聞き出しておかないといけませんから♡」

「は、はは……。そうですか」

この状況に至っても、彼女はまるでいつも通りだな。

特にフレイヤ神の加護を得たという党員は、戦闘開始時と比べて格段に強くなっていた。シャーリーはその党員たちを一網打尽にしただけでなく、殺さないように力を調節していたわけだからな。

末恐ろしいとはまさにこのことだ。

「でも、アルフさんもちゃんと気絶に留《とど》めているようですね。さすがは私の見込んだお方です♡」

「はは……ありがとうございます」

地面に埋もれている剣を抜き取って、彼らはいったい何をしたかったのか。

そして国教として崇められている太陽神党は、いったい何を目論《もくろ》んでいるのか。

それらについての謎は、やはり気にかかるところだからな。

しかも――。

「あの……お二人とも。この度はどうもありがとうございます」

そんな俺たちに向けて、ラミアが深く頭を下げた。

「特にアルフさんには、前に助けてもらったばかりなのに……。またお手を煩《わずら》わせてしまって、恥ずかしい限りです」

「いえいえ……いいんですよ。もう追放されてしまいましたが、これが本来のレイフォート家の役割ですし」

「アルフさん……」

外れスキルを授かった以上、もう剣帝になることはできないけどな。

それでもこの《∞チートアビリティ》には、まだまだ多くの可能性が眠っていそうな気がする。

だったらその力を使って……一度諦めかけた夢を追いかけるのも悪くはないかもしれない。

深く頭を下げるラミアを見て、俺は改めてその認識を強くするのだった。

「そうですわ、ラミア王女殿下。一点ご報告があります」

と、おもむろにそう話しかけたのはシャーリー。

「制圧後に馬車のなかを確認したのですが、近衛兵と思われる女性が拘束されておりました。ハイエリクサーを飲んでいただきましたので、ひとまず命に別状はないと思われますが……念のためご把握ください」

ハイエリクサー。

飲めば一瞬で傷を治癒してくれる、非常に高価な薬だな。

「そうですか……。何から何まで、ありがとうございます」

そう言ってぺこりと頭を下げるラミア。

「そこまでしていただいたからには、皆さんに何かお礼をしないといけませんね。特にアルフさんには、折り入ってお話ししたいこともありましたし……」

「お、お話ししたいこと……？」

「ええ。わかりやすく言うとすれば、この賊たちの目論見のようなものです」

3

王女からの詳しい話は、いったん村に帰ってから行うこととなった。

魔物もうろついている場所で込み入った話はできないし、何より、再び太陽神党が襲ってくる恐れもあったからな。

だから近くの街で辻馬車を借りて、約一時間をかけてムルミア村に戻ってきた。

もちろん、その際はラミアにローブを羽織ってもらっている。彼女の正体が知れたら大騒ぎになるし、それが元でトラブルになったら大変なことになるからな。

また太陽神党の構成員については、冒険者ギルドにいったん預けることにした。

最初は王国軍に引き渡したほうがいいと思ったのだが、ラミアがそれを否定したのだ。その理由はわからないものの、ヴァルムンド王国と太陽神党は密接に結びついているっぽいからな。そのあたりが原因かもしれなかった。

——ということで。

それらの手続きの後、俺たちはギルドの応接室で話し合いをすることにした。

シャーリーいわく、その部屋には厳重な防音魔法が施《ほどこ》されているようだ。外部に漏らしたくない会話をする際には、この場で行うのがいいという。

「改めて……私からもお礼を言わせてください。この度は本当にありがとうございました」

そう言って深々と頭を下げるのは、カーリア・リムダス。

ラミアの近衛兵で、幼い頃から王女とは距離が近かったという。

「王女殿下を守るべき立場でありながらこのような失態を犯すとは……痛恨の極みです。大変失礼致しました」

「いえいえ、そうお気になさらないでください」

俺は両手を振ってそう返答するが、向かい側のソファに腰掛けるラミアに対して、カーリアはその隣で立ち尽くすのみ。

このことから見ても、かなり自分に厳しい性格だというのが窺えるな。

「相手は合計で七人もいたわけですし……。しかもあいつら、急に赤色のオーラを放って……急激に強くなっていきましたね」

「ええ。まさに今から話したいのはその点にあります」

そう言って話題に乗ったのはラミア第三王女。

「きっとアルフさんたちも聞いたかもしれません。あの賊たちはフレイヤ神を盲信し、あの強化もまた、神からの加護によるものだと」

「ええ……たしかにそんなようなことを言っていました。ギルドの調査では、奴らが太陽神党の構成員というところまでは突き止められていますが……」

「おや、なんと……」

俺の発言に対し、ラミアは大きく目を丸くする。

「すでにお気づきだったのですか……。このことはまだ、一般には公開されていない情報ですが……」

「ええ。別件で拘束した太陽神党が、そのような証言をしたものですから」

そう言ったのは、俺の隣に座るシャーリー・ミロライド。

その太陽神党を倒したのは俺だが、彼女がそこまで言わなかったのは、彼女なりの配慮ということか。

「なるほど……そうですか。それなら話が早いです」

ラミアは小さく頷くと、懐から何やら一冊の古書を取り出した。

タイトル部分には《エストリア大陸の詩》と書かれている。

「こ、これは……？」

戸惑いつつ訊ね返す俺に、ラミアは神妙な表情のまま続けた。

「古くから王家に伝わる書です。……といっても現在は、なんでこの本が現代にまで受け継がれているのか、それさえわかっていませんが……」


――フレイヤ神の偉業、長き時を経た後世にて、広く語り継がれることとなろう――

――フレイヤ神の恩恵は世に繁栄をもたらすことになろう。恩恵を獲得せぬ者は神に見放されし者となろう――

――しかし混迷の世を救いし英雄は恩恵を授かりし者ではなく、神に見放されし者――

——その英雄が初めて力を顕現させるは、大勢の人々が住まう場所、その外れになろう——
——国の体制に疑問を抱きし王の娘、反旗も虚しくいたぶられ死す——
——神をも超えた力に人々は恐れ慄き、ある者は尊敬し、ある者は畏怖し、ある者は憎悪を抱く
——
——しかし世界を創造せし邪神の阻止が入り、世界は死の海と化す——

そしてラミアは、古書に書かれているという詩の一節を教えてくれた。

「恩恵を獲得せぬ者は、神に見放されし者となろう……」

この中で最初に目を引いたのはやはりこの部分だろうか。

神に見放されし者。

外れスキルを授かったあの日から、俺が何度も投げかけられた言葉だ。

「というか、これ……」

次いでシャーリーも、これらの一節を読んでやや大きな声をあげた。

「ここに書いてあるの、全体的にアルフさんのことじゃありません？　神に見放されし者と言われつつも強い力をお持ちですし、その力が覚醒したのも、王都の外れだって……」

「え……」

そんな馬鹿な。

そう思って該当部分にもう一度目を通したが——たしかにそうだ。

《∞チートアビリティ》という謎スキルを手に入れてから、俺の人間関係は大きく変わった。

シャーリーのように良くしてくれる人もいれば、ファオスやベルダのように憎んでくる者もいた。

そして「フレイヤ神の偉業、長き時を経た後世にて、広く語り継がれることとなろう」という一節も気にかかるところだ。

現代はとにかくスキル絶対至上主義の時代。

弱いスキルを授かった者は人権さえ奪われてしまうと、俺も痛いほど感じ取ってきたところだ。

聞いた話では、昔はそうでもなかったということだし……たしかにこの詩は、現代そのものを表していると言えるかもしれない。

「ラミア王女殿下。この詩が書かれたのは、いったいいつ頃なんです……？」

「正確にはわかっていません。一番有力な説では、だいたい二千年ほど前だと言われていますけどね」

二千年前……。

そんなに昔から現代のことを予言していたとなれば、たしかに注目せざるをえないよな。書き方がややぼんやりしているので、完全に予言書だとは言いきれないが……。

「この他にも、《エストリア大陸の詩》はいくつかの大きな出来事を予言していますよ。こちらをご覧ください」

――国が発展し、象徴たる大きな橋が架けられし時、未曽有の洪水が起こるべし――

――新たな指導者が着任して数年あまり経ちし時、王国全体を激しく揺るがす大地震が起こるべし――


「こ、これは……」

俺も歴史の座学でさらっと学んだくらいだが、どちらにも聞き覚えがある。

千五百年前。

王都が現代の場所と定められ、その象徴として東西南北に大きな橋が架けられた時、のちに千人もの死者を出した暴風雨が襲ってきた。

八百年前。

先代の王が急逝し、まだ若かった第一王子が王の座に就いた数日後、王都をほぼ半壊させてしまうほどの巨大地震が発生した。

「これが、二千年前から予言されていた……？」

掠れ声を出す俺に対し、ラミアはこくりと頷く。

「ええ。お父様を含む王族たちはみな納得しませんが、私はこれを予言書だと考えています。そしてここに書かれている《英雄》というのが、アルフ・レイフォートさん……あなただということも」

「…………」

「ご覧になっていただいた通り、この詩の最後には非常におぞましいことが書かれています。世界を創造せし邪神の阻止が入り、世界は死の海と化す――と」

世界は死の海と化す……。

どう楽観的に解釈しようとしても、不吉なビジョンしか見えない締めくくり方だ。

「私もこの予言をなんとか防ぎきろうと、何度も《英雄》に接触を図《はか》ろうとしました。しかし毎回のように、賊の妨害が入ったんですよ。――今回のようにね」

「あ………」

「とりわけ今回の遠征は、私はお父様にしかお伝えしていませんでした。にも関わらず、こうしてピンポイントで襲われたとなると……」

「――国王陛下と太陽神党が、手を組んでラミア王女殿下を襲撃した……⁉」

俺は思わずそう叫んでしまった。

「ええ。信じたくはないですが、その可能性はとても高いと考えています」

「…………」

なんだ。

いったい何が起こっているんだ。

予言書には「世界が死の海と化す」と書いてあるようだし、正直、嫌な予感しかしないんだが……。

「王女殿下、一つよろしいでしょうか」

　俺の隣に座るシャーリーが、やや神妙な面持ちで訊ねた。

「太陽神党の構成員は、世界各地にある〝地面に埋もれた剣〟を抜き続けているようでした。これについて、何かご存じのことはありませんか？」

「地面に埋もれた剣……？」

　そこでラミアは難しそうな表情を浮かべる。

「ちょっと待ってくださいね。どこかで聞いたような覚えが……」

　そう言うなり、《エストリア大陸の詩》のページを次から次へと捲《めく》っていくラミア。まさか、その本に何かしらのヒントが潜んでいるということか……？

　そして数秒後、ラミアは、

「ありました！」

　と大きな声をあげた。

「え～と、読みあげますね。――かつて世界を滅ぼさんとしたフレイヤ神、無限の神により、無数の剣にて封印される。その封印を解く鍵となるのは、英雄の片割れでもあり、フレイヤ神からの寵愛を受けし者……だそうです」

4

「あ……あのう。国王陛下、いったいここは……？」

「はは、気にすることはない。これはおぬしらにしかできぬことよ」

――一方その頃。

ファオス・レイフォートは国王に連れられ、ベルダとともに見知らぬ草原地帯を訪れていた。

目の前にあるのは……洞窟だろうか。

ファオスも剣の腕には自信があるが、そこからはなんとも異様な雰囲気が漂っているような……。

絶対に関わってはいけない〝何か〟が、その先に待ち受けているような……。

そんな気配が感じられた。

ごくり、とファオスは唾を飲む。

屋敷でベルダに稽古をつけていた最中、急に国王が訪問してきた時は面喰らった。先日ラミア第三王女を怒らせてしまったものだから、それにまつわる苦言だと最初は思った。

だが、国王が最初に告げた言葉はあまりに予想外なものだった。

――そなたらはフレイヤ神からの強い加護を受けているな。一つ、頼まれ事を押し付けてもよいだろうか――

正直に言って、渡りに船だった。

レイフォート家は代々、その実力を買われて、王族との結びつきが非常に強い。

だからベルダにも王家の護衛に就いてもらって、レイフォート家の繁栄を後世に引き継いでもらいたい……。それがファオスの悲願でもあった。

だから国王に恩を売れることは、文字通り非常にありがたかったのだが――。

しかし言われるがままについてきた場所が、こんな人知れぬ洞窟だとは。

国王陛下はいったい、何を考えているのだ……？

「どうしたファオスよ。行かぬのか？」

「い、いえ……。そういうわけではありませんが……」

一方でベルダについては、そもそも洞窟から漂う怪しげな雰囲気をまるで感じ取っていない様子だった。

「ふわ～あ……」

しかも国王がいるにも関わらず、呑気に欠伸までかましている。日頃の鍛錬不足が、こんなところにも表れてしまっていた。

「陛下。この先には強力な魔物が沢山うろついているようです。陛下御自身《おんみずから》お立ち入りになるのは、さすがに危険ではありませんか？」

「ふふ、何を言っておる。そなたは剣帝だろう？　余を守りながら進むことなど容易ではないのか？」

「そ、それはそうなのですが……」

だとしても、なぜ国王は護衛の一人もつけていないのだろうか。

たしかにファオスとベルダがいれば充分ではあるが、どこか引っかかりを感じてしまう。

「行くなら早くしてくれんか。余とて暇ではないのだ」

「し、失礼致しました……！　もちろん、陛下にお供させていただきます！　――おいベルダ、ついてこい」

「は～い」

あくまで緊張感のない返事をするベルダに、ファオスは別の意味で頭を痛めるのだった。

フレイヤ神殿。

国王いわく、洞窟にはそのような名前がつけられているとのことだった。

神殿と聞いて最初は信じられなかったが、たしかによくよく見れば、その面影が各所に残っている。

まず壁も床も、大理石のプレートがびっしりと敷き詰められているのだ。

もう使われていないのか、大理石の九割方は破損してしまっているが――以前はここに人々が通っていたことが窺える。

また壁面のあちこちには、《太陽神》を含めた《知恵神》《治癒神》の三柱が描かれているようだ。

そのどれもが世界創造に関わったという偉大な神であり、ここヴァルムンド王国でも、太陽神──フレイヤ神を中心とした三柱の信仰が根強い。

つまりここは本来、とても神聖な場所であるはずだが──。

「グォォォォオオオオオオオオッ!!」

「おのれ、またか……!!」

突如ファオスの前に現れたのは、巨大な二本牙がなんとも特徴的な、猪《いのしし》を模した魔物。

これに似た魔物として、地上には《ファングドス》が存在しているが──あれはもう少し骨格が小さかったはずだ。いったいこいつはどんな魔物なんだ……？

「ガァァァアア!!」

と考えている暇もなく、魔物は容赦なく突進を敢行してくる。

「猪口才《ちょこざい》な！」

──レイフォート流、撃百閃!!

魔物がこちらの間合いに入ってきたタイミングを見計らって、ファオスは無慮百もの剣撃を見舞った。

「ギュ、ギュアアアアアアアア……！」

通常の《ファングドス》よりは強いようだが、それでも剣帝には遠く及ばない。

謎の魔物は最後に掠れた悲鳴をあげると、そのまま大理石の上に横たわり、動かなくなった。

「ふう……」

ファオスは剣を鞘に収め、改めて周囲を見回す。

今の魔物のみならず、神殿内には謎の化け物がうつろき回っているようだ。しかもこの猪と同じように、〝見たことはあるが正確には違う魔物〟ばかりだ。

「陛下……これは……」

「うむ、そうじゃの。この神殿は長きにわたって封鎖してきたゆえ、ここだけ時が止まっているのじゃろう。――二千年前からな」

「に、二千年前……!?」

あまりに桁外れな数字に、ファオスは思わず驚きの声を発してしまう。

たしかにこの神殿は、最初は扉が厳重に封鎖されていた。

それを国王が開錠したわけだが、まさか内部にはこのような世界が広がっていたとは……。

「わわっ、なんだ……!?」

と。

ふいに隣にいたベルダが驚きの声を発し、ファオスは眉をひそめた。

「なんだベルダ。少しは静かに――って、ん？」

セリフが途中で止まったのは、ベルダの身体がほんのりと淡く輝いていることに気づいたからだ。

彼だけではない。ファオス自身の身体も、なぜだか薄く発光し始めている。

「な、なんですかこれ父上。俺、こんなの見たことねえよ……！」

「い、いや……。私にも……」

現在、ファオスは何か道具を使用しているわけでもないし、特別な剣技を使っているわけでもない。

それなのに、勝手に身体が輝くとは……。

いったいどういうことだ？

「――ふふ、素晴らしい」

二人が戸惑っていると、ふいに国王が笑みを浮かべながら言った。

「おそらくだが、奥にあるフレイヤ神の祭壇と共鳴を果たしているのであろうな」

「きょ、共鳴……？」

「しかり。太陽神フレイヤは、他の二柱と比べて力が強い。教会の教えを振り返ってみても、フレイヤ神に関しては武の言い伝えが多かろう？」

「ええ……。存じております」

「つまり剣帝一家たるレイフォート家は、とりわけフレイヤ神の加護が強いのだよ。だからこそ代々、類稀なる剣の腕をもって、王国を繁栄に導いてきた」

なるほど。

フレイヤ神の加護が厚いレイフォート家の人間がここを訪れたから、こうしてフレイヤ神との共鳴が引き起こされたということか。

「ふふ、これは結果が楽しみじゃの……」

「陛下？」

「いやいや、なんでもない。さあ、おぬしらにはこのままフレイヤ神の祭壇へと向かってもらいたい。このまま真っすぐ進んでおくれ」

「は、はあ……。承知しました」

そうして再び、一行は奥へと進み始めるのだった。


棲息している魔物を蹴散らしつつ、ファオスたちは国王に言われるがまま、ひたすら先に進んでいた。

やはりここにいる魔物は異質だ。

見たことがあるようで、実際には見たことがない魔物というべきか――。

国王の言っていたことが正しければ、こいつらは全員、二千年前から時の止まった魔物ということになる。外の世界からは遮断され、なぜか二千年の時を経てもなお、現在も生き永らえている過去の魔物――。

「まさか我が王国に……こんな場所があったとは」

剣帝として名を馳せているファオスでさえ、まったく知らない事実だった。まさに王族だけが知る、禁断の洞窟というべきか。

しかも先に進むにつれ、神殿内は面妖《めんよう》な雰囲気を醸《かも》し始めてきた。

そこかしこの空間に、若草色の光球のようなものが浮かんでおり……。地面や壁面には、同じく若草色に光る雑草が生い茂っているのだ。

そのおかげで、視界の確保にはまったく困らない。

光球たちが洞窟内を明るく照らし出してくれるおかげで、炎魔法の《ファイヤ》を用いずとも、充分に先を見通すことができた
「父上、見てくださいよ。あれ」

「ん……？」

ベルダに呼び止められ、ファオスはそちらの方向に目を向ける。

なんとそこでは、魔物が若草色の光球を呑み込んでいるではないか。文字通り、なんの躊躇《ちゅうちょ》もなく……さも当然のように。

「な、なんだ……？　これは食べ物なのか？」

「――そんなわけなかろうて。太陽神フレイヤが放つ、生命エネルギーそのものじゃよ」

ファオスが困惑していると、ふいに国王がそう会話に割り込んできた。

「知っておるじゃろう。太陽神フレイヤは、他の二柱とともに世界を創造した神じゃ。そんな偉大な神を祀《まつ》っている神殿となれば、生命の源となるエネルギーが自然発生してもおかしくはない」

「せ、生命の源……」

「むろん、人間が食べてもエネルギーの補給になるぞ。一週間ほどは腹も空《す》かないじゃろう。食べてみるか？」

「い……いえ。遠慮しておきます」

片手を振って拒否すると、国王は鼻で笑って先に進んでいく。

先に魔物が待ち受けているかもしれないのに、信じられないほどの大胆っぷりだ。

「それにしても、生命エネルギー、か……」

ざっと周囲を見渡してみても、神殿内には食料らしきものがない。

といって魔物同士で殺し合っているわけでもなさそうなので、いったいどうやって二千年も生存したのか気にかかっていたが——。

なるほど、国王の言う生命エネルギーがあるなら納得はできる。

これを食べれば一週間は空腹にならないそうだし、ここがフレイヤ神を祀る神殿である以上、また自然発生しそうな雰囲気だからな。

この洞窟内だけで、外界とはまた別の生態系が生まれたのだろう。

「ふむ。着いたか」

そして——だいたい四十分ほど経った頃だろうか。

先を歩いていた国王が、ふいにその歩みを止めた。

「ここが祭壇のある部屋じゃ。準備はいいかの」

そう言って国王が手差しする先には、紅色に輝く二枚扉。しかもかなりの大きさで、洞窟の天井に届きそうなほどの巨体を誇っている。

「ご、ごくり……」

隣にいるベルダが息を呑むのが聞こえた。

「ち、父上……。なんだか俺、緊張してきました……」

「動じるな。剣帝の跡継ぎたる者、常に堂々としているべきだと心得よ」

と言いつつも、たしかに扉の奥からは異様な雰囲気が感じられる。

人や魔物の気配は感じないまでも、なぜか空気が重たいような――。そんな不思議な感覚があるのだ。

鈍感なベルダでさえ怯えているのだから、やはりこの先には、何かが〝ある〟のだろう。

ファオスはもう一度扉を見上げ、心の準備を整えると、再び国王に目を下ろした。

「準備できました。相当に重い扉でしょうから、私とベルダのほうで開けさせていただきます」

そう言って扉に歩を進めるファオスだったが、

「いや、よい」

と国王に制された。

「扉は余が開く。二人は黙って見ておれ」

「へ、陛下みずからが……？　しかしこの扉、相当に重そうですが……」

「いいから黙って見ておれ。力ずくで開く扉ではないのだよ」

国王は右手を掲げると、突如、何もなかった空間から魔法杖《まほうじょう》を掴み取る。そして左手で先端部分を持つと、杖を横一文字に掲げた。

「――太古に眠りし秘境よ。我は咎人《とがびと》なり。神に忠誠を願いし眷族《けんぞく》なり。その懺悔《ざんげ》の念を贄とし、ここに天門の立ち入りを希《こいねが》う」

な、なんだ……!?

国王から放たれ始めた膨大なる魔力に、ファオスは思わず目を見開いてしまう。

この尋常ならざる力、王国内で〝凄腕〟と評される魔術師よりも強いように感じられる。

だが国王みずからがこれほどの魔力を有していたなんて、それこそ聞いたことがない……！

ヴァルムンド王国・第九十三代国王――フェルドリア・ディオ・ヴァルムンド。

普段は国のトップとして民衆を束ねつつも、その実はなんと、比肩《ひけん》する者のないほどの魔術師だったということか。

ゴゴゴゴゴゴゴゴ……！

果たして真紅の二枚扉は、重々しい音を響かせながら、ひとりでに内部の光景を晒し始める。

ファオスもベルダも指一本触れていないのに、勝手に扉が開かれ始める……！

そして――ガタン！

扉の動きが完全に止まった時には、部屋の様子をすべて見通せるようになっていた。

まず真っ先に目を引くのは、部屋の最奥にある祭壇か。

真紅と金色で構成されているその祭壇には、汚れがまるで見られない。ここまでの通路は人の気配がまったくなかったが、この部屋に関しては、定期的に人が訪れ、隅々まで清掃をしていることが窺える。

祭壇の上には若草色に輝く蝋燭《ろうそく》がいくつも並べ立てられ、中央部分には、何度も目にしてきたフレイヤ神の立ち絵が置かれている。

そして……それだけではない。

扉を開けた瞬間、ファオスとベルダの身体もさらに眩く輝き始めたのだ。

「ふふ……共鳴が強まっているようだな」

国王はそんな二人を見て、満足げに頷く。

「実はこの先にはな、本物のフレイヤ神の遺体が置かれているのだよ。忌々《いまいま》しい邪神に打ち滅ぼされた、気高き神の遺体がな」

「か、神の遺体……？」

「そしてつい先ほど、偉大なる同志たちによって神の封印は解かれた。我らが夢見た理想郷は、ついに目の前にまで迫ってきているのだよ……！」

「へ、陛下……」

国王がいったい何を言っているのか、ファオスにはまるで理解が及ばない。

フレイヤ神が偉大な存在だというのはわかっているし、この神様がいるからこそ、ヴァルムンド王国は繁栄を維持できているのだと考えていた。

それだけフレイヤ神のもたらすスキルは偉大なのだ。

今まで怠慢な日々を送ってきた者でも、強力なスキルさえ授かれば一気に人生が花開く。逆に弱いスキルを授かってしまった者は、いくら努力したところでなんの意味もなさず、絶望のなかで人生を終えていく。

つまりスキルというのは、人がどう努力したって抗《あらが》いようのない絶対不変の才能。

だから人々はいつしか、フレイヤ神を強く信仰するようになっていったと聞いている。

神に抗うのではなく、従う。

そうすることで、強いスキルを授かることができる。

現代ではそう信じられているし、もちろんファオスもその一人だった。

だがそれは——あくまで信仰対象であったはずだ。

本当にフレイヤ神が過去に生きていて、その遺体を安置している場所があるなど考えもしなかった。

「おや、国王よ。遅かったではないか」

しかも驚くべきことに、室内には先客がいたらしい。

金色と赤色の法衣《ほうえ》をまとい、腹部のあたりまで立派な顎ひげを生やした初老の男性——。

「な……!?　まさかあなたは……!!」

その人物に、ファオスは見覚えがあった。

というよりもむしろ、世界的にはフェルドリア国王よりも有名な人物と言える。

「エージェス教皇……！　なぜこんなところに!!」

「ふふ、そこの国王に呼ばれてな。フレイヤ神の復活を成し遂げるとあっては、さすがに黙ってはいられなくなったのだよ」

「フ、フレイヤ神の復活……？」

なんだ。

教皇はいったい何を言ってるんだ。

フレイヤ神はあくまで神話に登場するだけの神様のはず。

復活というのはどういうことだ……!?

「ち、父上、なんかこれ、おかしいですよ！　うっ……！」

ファオスが当惑している間にも、ベルダが苦しそうな表情で片膝をつく。

「おい、どうしたベルダ!?」

「わかんないです。でもなんか、力がどんどん抜けていくような……」

「ち、力が……？」

そうオウム返しに訊ね返した瞬間、ファオスにもそれが訪れた。

例えるならば、急に疲労感が押し寄せてきたかのような。

魔物に麻痺状態にされたかのごとく、身体の自由が利きづらくなっている時のような。

そんな不快感が突如訪れ、ファオスも同じくその場に片膝をついた。

「こ、国王陛下、教皇様……。これはいったい……!!」

「はは、光栄に思うがよい。そなたたちはこれより、フレイヤ神復活のための礎《いしずえ》となるのだよ」

しかし国王はそう言って不敵に笑うばかりで、ファオスたちを気にかける様子はどこにもない。

「さあ、教皇よ。時は来た。《エストリア大陸の詩》の教えに則《のっと》って、いよいよフレイヤ神を復活し……世界を太陽神教で染め上げようではないか！」

――ファオスはずっと、太陽神教が絶対的な正義だと思っていた。

だからこそフレイヤ神からの授かりものであるスキルは唯一無二の存在で、疑う余地もないものだと思っていた。

その末路が、これか。

足掻こうにも、力が抜けていくのに抗えない。

最終的にはファオスは地面にうつ伏せになり、意識の保持さえままならなくなった。

「……しかし教皇よ。このままフレイヤ神が生まれたとして、本当に我々で御《ぎょ》しきれるのか？」

「うむ、心配はいらぬ。そのことはすでに、各地の党員たちに実験してもらっている」

ファオスが意識を失うその直前に、教皇はひたと冷たい視線をこちらに見据えた。

「異次元の存在を呼び覚ます際は、贄さえ用意しておけば御することができる。――そう、党員たちが報告してくれておるのでな」

最終章　外れスキル所持者、世界の運命を変える

1

一方その頃。ギルドの応接室にて。

――轟《ごう》！

突如として突き上げるような大地震が発生し、俺は思わず目を見開いた。

「わわっ！」

「お、王女殿下！」

真向かいに座るラミアを、近衛兵たるカーリアが咄嗟に抱える。

Aランク冒険者たるシャーリーはしっかりと振動に耐えていたが、それでも一瞬だけ体勢を崩してしまっていた。

なんだ。

爆発音のような轟音が聞こえてきたことを踏まえても、ただの地震ではありえない。

いったいなんだ……!?

「しかし世界を創造せし邪神の阻止が入り、世界は死の海と化す……」

俺が目を瞬かせている間、ラミアが《エストリア大陸の詩》の一節を口にした。

「こうしてはいられません！　皆さん、いったん外へ！」

「お、王女殿下‼　お待ちを‼」

カーリアの静止も聞かず、ラミアは一目散にギルドの外へ走り去っていった。

変装を解除している状態なので、このままでは村人に正体を見られてしまうが――もはやそんなことを気にしている場合ではないってことか。

俺もシャーリーと一瞬だけ頷き合うと、ラミアを追って駆け出す。

そしてギルドの外に飛び出した時、俺は史上最悪の化け物を目にすることになった。

「な……んだ、あれは……‼」

何より特徴的なのは、その巨体だろうか。

ここから化け物のいる地点はかなり離れているはずだが、それでもほぼその全身を望むことができる。金色に煌めく長髪に、白く透き通った肌、そして後光のように赤く輝いているオーラ。

しかも奇妙なのは、現在、空が赤黒い色に染まりきっていることか。太陽の光さえも遮断してしまうような分厚い血のオーラが、空一面を覆ってしまっている。

時間的にはまだ夕方にもなっていないはずなのに、この不気味な色合い……。

これが化け物の力によるものなのかは不明だが、あの姿を見ると、否が応でも鳥肌が立ってしまう。

――間違いない。

「あれは、フレイヤ神……？」

「ええ。おそらくはそういうことでしょう」

化け物――否、遠方の宙に浮かんでいるフレイヤ神を見上げながら、ラミアが苦々しい声を発する。

「かつて世界を滅ぼさんとしたフレイヤ神、無限の神により、無数の剣にて封印される。その封印を解く鍵となるのは、英雄の片割れでもあり、フレイヤ神からの寵愛を受けし者……。――おそらく太陽神党が剣を抜いていたのは、フレイヤ神の封印を解くためでしょう」

「封印を……解くため……」

そしてその悲願は達成されてしまった。

宙に浮かんでいるフレイヤ神はたしかに神々しい姿をしているが、しかし、俺はまだまだ鳥肌を抑えることができない。

その気になれば、神の手によって一瞬で世界が滅ぼされてしまうような……。

そんなおぞましささえ、はっきりと感じてしまうのだった。

「おいおい……」

「なんだ、あれは……」

「もしかして神様か？　そんなわけないよな……」

フレイヤ神の登場に、村人たちももちろん当惑の表情を浮かべている。

近くにラミア第三王女がいるにも関わらず、全員の視線が遠くの太陽神に注がれていた。

「…………」

そのなかでも、とりわけフレイヤ神に厳しい視線を向けていたのはシャーリーだった。普段からはとても想像がつかないほど、かなり冷たい表情を浮かべている。

「シャーリーさん。いったいどうし……」

だから俺はそう声をかけようとしたのだが、

『――親愛なるヴァルムンド王国の諸君！　ご機嫌よう！　我が名はフェルドリア・ディオ・ヴァルムンド。ここヴァルムンド王国を統治する、第九十三代国王である！』


ふいに村全体に聞き覚えのある声が響き渡り、俺は思わず身を竦めた。

これは遠隔魔法……!!

声を込めた魔力を広範囲に飛ばすことで、一挙に自分の言葉を遠方に届けることができる……。

そんな魔法だったはずだ。

たしか凄腕の魔術師が数名集まらないと実現できず、よほど緊急の内容でなければ、この魔法が発動されることはないはずだが……。

「お、お父様……。こんなこと、私も聞いておりませんわ……！」

ラミアが切実な声をあげるも、しかし国王の話は止まらない。

『突然の公表となり、民衆はさぞ驚いていることと思うが……。此度《こたび》、諸君らには良い話ができると思う。ぜひ心して聞いていただきたい！』

『まず諸君らは、空に浮かんでいる謎の存在について疑問を持っていると思う。いったい何者なのか、自分たちに危害は及ばないか……。不安になるのも無理はないが、どうか安心してほしい。その御方は我らにとって頼もしい味方であり、新しい時代を切り開いてくださる存在である。そう――何を隠そう、その方こそが《太陽神フレイヤ》……今の時代の礎を築いた神なのだから!!』

やはり、そうか。

太陽神党が各地で暗躍していたのは、フレイヤ神の封印を解くため。地面に埋もれていた剣は、いわば神の復活を止める役割を果たしていたのだろう。

まさかそこに、国王まで絡んでいるとは予想外だったが……。

いったい太陽神党と手を組んでまで、何を企んでいる……!?

『ふふ、しかし諸君らはまだ疑念を抱いていることだろう。この方は本当にフレイヤ神なのか、伝承に残る神を蘇らせてまで、いったい何をしようとしているのかと』

俺のその疑問を先回りする形で、国王の声が一帯に響き渡る。

『――諸君も知っていると思うが、フレイヤ神の教えはまだ世界には広まっていない。この国の人間は誰もが十八歳になるとスキルを授かり、強いスキルを授かった者ほど、フレイヤ神の加護が強いとされている。その教えに則って我が国は繁栄し、世界的な大国へと成り上がった。そのことはすでに、余から申すまでもないであろう。――しかし、いまだにその教えに従っていない無知な国がある』

そこで数秒間の沈黙。

しん、と静まり返った静寂のなかを、一際低くなった国王の声が響き渡る。

『だから、余は他の国にも広めたいと願うのだ。フレイヤ神の教義の素晴らしさを。教義に従った結果、我が国はどれほど素晴らしい発展を遂げていったのかを。……そして世界には、これほど素晴らしい神を軽視し、ないがしろにしようとする国があるのも事実！』

ゆえに！　と力強い国王の声が響き渡る。

『そのような無知な国には、フレイヤ神みずからが鉄槌《てっつい》を下してくださることになった！　さあ見よ諸君！　フレイヤ神の、恐るべきお力を!!』

国王がそこまで話し終えた途端。

宙に浮かぶフレイヤ神が、とある方向に向けて右手を突き出した。

しかもその全身から禍々しい真紅のオーラが漂っており、否が応でも嫌な予感が込み上げてくる。

「ま、まさか……!!」

何かを察したらしいラミアが、上空を見上げながら絶叫をあげる。

「だ、駄目ですお父様!!　それだけは絶対にやってはいけません!!」

しかし彼女の呼びかけも虚しく、フレイヤ神の右手から真紅の可視放射が放たれる。

その速度、まさに異次元。

俺やシャーリーはまだ可視放射を目で追うことができたが、村人たちは何が起こったか理解できていない様子で、ただフレイヤ神を見つめているばかりだった。

そして。

ズドォォォォォォォォォォォオオオオン！

閃光ののちに大轟音が響きわたり、俺は思わず身を竦ませる。

俺だけではない。

「う、うわぁぁぁぁぁぁぁあああああああ！」

「な、なんだ……⁉」

突然の展開に、村人たちも悲鳴をあげている。

急速に押し寄せてきた突風に、その全員が必死に耐え続けている。

『ふふ、今フレイヤ神が光を放った方向を見るがよい。美しき黒煙が立ち上っているだろう？　――その方角にあったヴァレスト帝国が消滅したのだよ、この一瞬でな』

ううっ、とラミアがその場でうずくまってしまった。

たしかに可視放射の放たれた方角を見ると、そこには巨大な黒煙が立ち上っている。

そしてその方面には《ヴァレスト帝国》があると、俺も理解している。フレイヤ神の教義に異を唱え、ヴァルムンド王国とも太陽神教とも対立していた国だからだ。

『さあ、これでわかっただろう。このような力技を実行できるのは、圧倒的な力を持つフレイヤ神しかいない。その教えに従わない愚か者たちを粛正し、正しい者だけが生き残る楽園を作る……それが余の目的だと思ってもらいたい』

……そういう、ことか。

口では外聞の良いことを言っているが、端的に言えば、自分たちの権力を拡大したかっただけだ。

ヴァルムンド王国は世界的に見ても上位に属する大国。

そして一方の太陽神党もまた、世界に多くの信者を抱える巨大宗教団体。

この両者が手を取り合うことで、お互いに権力を広げようとしているのだろう。

宗教と国家が協力して勢力を高めていく構図自体は、これまでの歴史で何度もあったことだから。


――しかし世界を創造せし邪神の阻止が入り、世界は死の海と化す――


予言書にはこう記されていたようだが、フレイヤ神はそれも納得の力を誇っている。

たとえ大国が総出で攻め入ってきたとしても、それを軽々と滅してしまうような……。そんな圧倒的な力が、あの神から感じられたから。

『さあ親愛なるヴァルムンド王国の諸君よ。皆はこれまでと変わらず、このフレイヤ神を崇め続けていればよい。しかしもし仮に、太陽神教に心から従っていない愚か者がいるならば……その者には、神みずからの鉄槌が下されることになるだろう。今のうちにみずからの考えを改めておくべきだと、余から進言させていただこうと思う』

それでは、と国王は言った。

『余はこれにて失礼させていただく。引き続きヴァルムンド王国の繁栄に向け、全力で公務に取り組む所存である。――では、さらばだ!!』

★
★
★

後には静寂だけが残された。

国王の声明が終わると同時、フレイヤ神も虚空のなかに消えていった。

詳しいことは不明だが、おそらくは国王か教皇にうまいこと操られているようだな。

さっきの声明から鑑みるに、国王は相当に厄介なことを考えているようだし――そいつの手中に収まっているとなると、文字通り恐怖政治が始まってしまう。

「…………」

可視放射の放たれた方角を見ると、やはり小さく黒煙が立ち上っているのが見える。

ここからヴァレスト帝国まではかなり距離があるはずなのに、それでも被害状況の一部が見えてしまうとは……。よほど強いエネルギーが降り注がれたんだろうな。

そして今後、国王は他の敵対国にも同じことをするのだと思う。

ヴァルムンド王国に従う国だけを残し、自分にとって有利な世界を作り上げるために。

「お父様……。なんで……」

そう呟いて、ラミアはその場に両膝をついてしまう。

気を利かせたカーリアが彼女にローブを羽織らせたので、もう周囲に正体を悟られる可能性は低くなったが……。そんな近衛兵にお礼を言う気力さえ失せたのか、彼女はぽかんと空を見上げているままだ。

――無理もない。

自分の身内が太陽神党と結託し、フレイヤ神を蘇らせた挙句《あげく》……一つの国を滅ぼしたのだ。

ショックを受けるなと言うほうが、どだい無理な話である。

それだけじゃない。

俺が初めてラミアと出会った時、彼女は太陽神党に襲われていた。当時は謎でしかなかったが、今ならその理由がなんとなくわかる。

さっきの声明から察するに、国王は太陽神党にかなり入れ込んでいる。

……いや、正確には、教皇と深い関係になっていると言ったほうが正確か。

反してラミアは、現代のヴァルムンド王国の在り方に大きな疑問を持っていると聞く。太陽神党の教義に疑問を持っているのはもちろん、スキルが絶対視されている現状にも首を傾げていると。

おそらく国王はそれが気に入らなかったのだ。

だから《エストリア大陸の詩》の正当性を認めようとはしなかったし、太陽神党をけしかけてまで、秘密裏にラミアを始末しようとした。

これが事の顛末で……真の黒幕は身内にいたということになる。

しかもその身内が国内最高の権力者とあっては、もはや手の打ちようがない。

もちろん俺だって、この状況を覆せるとはまるで思えなかった。世界有数の大国たるヴァルムンド王国と、そして世界最大級の規模を誇る太陽神党、さらには伝承にて語り継がれているフレイヤ神……。

この三者を敵にまわしたところで、絶対に勝てるわけがない。

速攻で返り討ちに遭うのが関の山だろう。

……………今までの俺だったら、きっとそう考えていただろうな。

――あなたが依頼を受けてくれて、本当に嬉しく思います――

――見ての通りですよ。アルフさんの優しさに感動したフェイムさんが、こうしてお手紙を届けてくれたんです。……ふふ、新人さんが依頼後にお手紙を貰うなんて、けっこう珍しいんですよ？

――

――ありがとうございます、アルフさん……。私、いつも助けられてばかりで……――

それでも、俺の脳裏には何度も蘇ってくるのだ。

過去助けてくれてきた人たちの喜びが。

感謝の言葉が。

《∞チートアビリティ》という謎スキルを授かったせいで、俺の未来は完全に閉ざされたと思っていた。これまでの努力は無に帰して、廃人になることを運命付けられたのだと。

けれど。

剣帝たる者、己が剣で民衆を幸に導くべし。

剣帝たる者、救済を求める者に手を差し伸べるべし。


かつて父から教わったレイフォート流の教えが、俺の頭に浮かび上がってくる。

類を見ないほど強い敵であっても、ここは立ち向かうべきだと訴えてくる。

むろん、ラミアが先ほど言っていた《英雄》という言葉を信じるつもりはない。たしかに《∞チートアビリティ》は強力なスキルだが、自分ごときの剣で世界を救えると思うほど自惚《うぬぼ》れてはいない。

けれど、俺が剣を振るうことで、少しでも成し遂げられることがあるのなら……。

「ラミア王女殿下」

俺は片膝を地面につけ、うなだれるラミアに視線を合わせる。

「俺がこんなことを言うのはおこがましいかもしれませんけど……どうか、任せてください。いくらフレイヤ神といえど、あんな化け物、放っておくわけにはいきません。俺の手で――なんとしてもあいつを食い止めてみせます」

「え……？」

「は、はは……。すみません、ただの思い上がりですよね。ははは」

そう言って後頭部を掻く俺に、

「いいや、そんなことはありませんよ」

後ろからカーリアが話に割り込んできた。

「今や大多数の国民が、フレイヤ神からスキルを授かっている状態です。それはいわば、フレイヤ神の力の一部。その力でフレイヤ神に挑んだとて、まるで勝ち目はないでしょう」

「…………」

「しかし、おそらくあなたの授かったスキルはフレイヤ神のものではない。この世界の創造主――《∞の神》に端を発するものでしょう」

「む、《∞の神》……？」

聞き覚えのある言葉が出てきて、俺は思わず目を見開いた。

「ええ。《エストリア大陸の詩》によると、実は――」

「カーリア、ありがとうございます。ここからは私が話しましょう」

話に割り込んできたラミアが、涙を拭《ぬぐ》いつつ立ち上がる。

彼女もよほどショックであるはずなのに、それでも起き上がってみせるとは……。この精神力の強さもまた、国王にとって厄介だったのかもしれないな。

ちなみにだが、村人たちはこの会話をほとんど聞いていない。

急にフレイヤ神が現れたとあっては、さすがにそれどころではないんだろうな。皆それぞれの知り合いたちと、自分の思いをぶつけ合っている。

「まずアルフさん……。《∞の神》という神様を知っていますか？」

「いえ……。知識としてはまったく」

「ですよね。実はこの《∞の神》、世界の創造主だと言われていますが……その事実は歴史から抹消されているのです」

ラミアの話はこうだ。

はるか太古の時代、《∞の神》なる存在が世界を創造せしめたという。

その神は大地を創造し、生命を創造し、人々に知恵を授け、悪《あ》しきを滅ぼした。

いわゆる森羅万象の力を司《つかさど》っているという点から、無限の力を持つ神――《∞の神》と呼ばれるようになったのだという。

そんな《∞の神》を、人々は長い間崇め続けてきた。

そして《∞の神》もまた、人々をより繁栄に導くため、安寧な世界を守り続けてきた。

だがそんな日々も永遠には続かず……今から二千年前、転機が訪れることになる。

突如現れた三柱の邪神が、《∞の神》の創造した世界を奪うべく、地上に襲いかかってきたのである。《∞の神》は最初善戦していたが、しかしさすがに三柱の神と同時に戦うのは分が悪かった。

残念ながらその邪神たちに敗北してしまい、世界の統治を奪われることになる。

そう――。

その三柱こそが《太陽神》《知恵神》《治癒神》。

現代においても崇め続けられている三柱の神である。

……といった内容を、ラミアはあくまで淡々と、人々に聞かれないように小声で話し続けた。

「ちなみにですが、これは古くから王家にて語り継がれてきた内容です。なぜこのことを公にしてこなかったのかは……もはや考えるまでもないでしょう」

「…………」

ああ、たしかにそうだな。

王族と太陽神党が手を組んでいることといい、国王がフレイヤ神を操っていることといい……。

ヴァルムンド王国と太陽神教が癒着《ゆちゃく》していることは火を見るより明らかだ。

だから不都合な真実は伝えず、あえて邪神の力にあやかっているんだろうな。

またラミアが言うには、その《∞の神》を主神とする宗教団体も存在するらしい。

俺もちらっと小耳に挟んだくらいだが、《無限神教》という団体がその代表格とされている。フレイヤ神を敵視し、正しい歴史観を後世に残すべきだと説いているのだとか。

「アルフ・レイフォートさん」

押し黙る俺の目を、ラミアが真っすぐ見据えた。

「あなたが授かった《∞チートアビリティ》というスキルを聞いて、私はピンときたのです。それはかつて、無限の力を操っていたという《∞の神》に起因していると。今の偏見に染められた世界を変えられるのは……あなたしかいないと」

「ラミア王女殿下……」

「ですから――第三王女、ラミア・ディ・ヴァルムンドの名にかけて、正式にあなたに依頼します。この国を、いえ世界を……救ってください」

「…………」

俺はたっぷり数秒間、地面に目を落とした。

剣帝とは程遠いスキルを授かって、剣帝への道を諦めて。

自分の手で迷える人々を救いたいと思って、その願いが打ち砕かれて。

もう無理だと思っていた。

自分の世界に閉じこもって、何もしない日々を送るのが正解だと思っていた。

けれど――。

「わかりました。不肖アルフ・レイフォート……王女殿下の要請に応じます」

「あ……！　ありがとうございます……！」

そう言ってぱあっと顔を輝かせるラミア。

自分の身の安全よりも、世界の平和のほうを喜ぶとはな。

第三王女の名にふさわしい、なんと見事な女性だろうか。

「でも、実際どうしましょうか？　フレイヤ神を倒すにしても、いったいどこに行けばいいのか……」

「――それについては私にお任せください」

ふいにそう提案してきたのは、なんとシャーリー・ミロライド。

今までただ会話を見守っていただけの彼女が、急に会話に割り込んできたのである。

「申し遅れました、アルフ・レイフォート様。私の本来なる使命は、冒険者稼業ではありません。世界の崩壊に備えて、《∞の神》の力を引き継ぐあなたを見守ることにありました」

「え……？　いったいどういう……？」

「ふふ……。なるほど、そういうことか」

状況を見守っていたカーリアが、得心のいったような表情でシャーリーを見守る。

「いくらAランク冒険者といえど、あなたの強さは常軌を逸していました。その様子だと──《無限神教》の一員であるということですね」

「ふふ……。ご名答です」

──なんと、そうだったのか。

現代のヴァルムンド王国においては、太陽神フレイヤを主神とした太陽神教と、治癒神、知恵神を祀った宗教が主流となっている。その三神こそが〝正しい神〟であり、他の神を崇めている宗教は邪宗であると。

そんな情勢のなかで、頑《かたく》なに別の神様を信仰している団体がある。

その一つこそが……前述の無限神教。

《∞の神》を信仰している集団だ。

「太陽神がいかに邪悪な神であるかは、私たちも痛いほどにわかっています。ですから邪神の動きを止めるべく、《∞の神》を受け継いだ伝説の剣士……アルフさんに接触を図ったわけです」

「へ……。俺に接触を図ったって……」

「はい♪　長《おさ》の予言によれば、英雄はムルミア村に訪れるということでしたから」

「よ、予言……」

正直まだ理解が追いつかないが、これまでの出来事を思い出すと、たしかに得心はいくよな。

ムルミア村を訪れた初日から、彼女が妙に俺を気にかけてくれたこと。

太陽神党の動向を、逐一俺に報告してくれたこと。

そして今回、不穏な動きをしている太陽神党の追跡をともに頼んできたこと。

色々と不可思議な点はあったが、これで一本の線に繋がるわけだ。

「今、私たちの仲間がフレイヤ神へと繋がるルートを用意してくれています。ですから後は、これを潜《くぐ》ればフレイヤ神のもとへ辿り着けるでしょう」

そう言って、シャーリーは右手を前方に突き出した。

コォォォォォオオオオオ……！　と。

なんとも神々しい輝きを響かせながら、その空間に大きな光の球が出現する。だいたい成人男性ほどのサイズがあるだろうか。

「え……？　この光を通り抜けるんですか？」

「はい。そうすると、私たちの仲間が作っている異次元空間を辿って……フレイヤ神のもとに辿り着けるはずです」

「な、なんと……」

そりゃすごいな。

太陽神党も底知れない力を誇っていたが、それは無限神教も同様だということか。

――まあ、よく考えたらそれも当然かもしれないな。

さっきの話を聞く限りだと、《∞の神》は森羅万象を司っているということだった。文字通り「なんでもできる神様」だろうから、できることの幅が広いのだと言えよう。

「…………」

正直、シャーリーの言っていることをそのまま信頼していいのかという気持ちはある。

今まで俺を支えてくれた女性ではあるが、彼女のすべてを知っているわけでもないからな。最悪これがすべて国王の罠で、光に飛び込んだが最後、死が待っている可能性さえある。

だが、どのみちこのままでは、フレイヤ神によって大勢の人々が犠牲になる恐れがある。

これ以上犠牲者を増やさないためにも、ここは腹を括《くく》ることが必要になってくるか……！

「わかりました。それでは準備を整え次第、その光の中に……」

『――善良な国民の諸君!!　先ほどの件について、早くも続報を届けられることになった！　我らフレイヤ神の聖なる鉄槌を、あろうことか蛮行だと評する国が現れたのである！』

2

「ほほほ……。愚か者じゃの。まさかフレイヤ神に歯向かう馬鹿者が現れるとは」

――一方その頃。

国王のフェルドリア・ディオ・ヴァルムンドは、王城の屋上庭園のベンチに腰掛けながら、にんまりと勝ち誇った表情を浮かべていた。

「ええ、まったくですな」

そう言うのは、立派なヒゲをたくわえた初老の男性――ヴァルムンド王国の大臣だ。

「おそらくは、この機に乗じて……世界の主導権を握りたがっているのでしょう」

大臣は眼鏡の中央部分を人差し指で押さえながら、とある方向に視線を向ける。

「隣国たるルズベルト帝国……。私たちとは長い間、対立の関係にありますからな。こちらを大量殺戮者《さつりくしゃ》に仕立て上げ、国際世論を味方につけようとしている……。魂胆はおそらくそんなところでしょう」

「ふふ、なんともあの狸《たぬき》の考えそうなことよ」

鼻で笑いつつ、国王は自身の顎ひげをさする。

大臣が言うには、ルズベルト帝国の国境付近には、すでに多くの戦力が投入されているという。

兵士たちは言わずもがな、大量の戦車の姿もあるのだとか。

この短時間でそこまでの戦力を用意できるはずがないので、帝国の大統領もこのことを読んでいた可能性があるが……。しかしフレイヤ神の力は、たかが人間の知恵などで乗り越えられるものではない。たとえ国境付近に多くの戦力を投じたところで、無駄だ。

「おまえたち、通信魔法を」

「はっ」

国王の命令に、さっきまで跪いていた数名の魔術師たちが返事をする。

そして全員で魔法を発動するや、突如として上空に白い靄《もや》が浮かび上がった。それは全部で二つあり、一つはここヴァルムンド王城の屋上庭園、そしてもう一つはルズベルト帝国の皇城を上空から映し出している。

――さあ、震えるがいいルズベルトの人民どもよ。

――今から死よりも面白い恐怖を見せてくれる。

国王はニヤリと笑みを浮かべると、世界中の人々に向けて声を発した。

『――善良な国民の諸君!!　先ほどの件について、早くも続報を届けられることになった！　我らフレイヤ神の聖なる鉄槌を、あろうことか蛮行だと評する国が現れたのである！』

国王がそう言い放ったのと同時、魔術師たちがさらなる〝白い靄〟を上空に映し始めた。それも先ほどとは違い、数え尽くせないほどの数である。

こちらはヴァルムンド王国の全域を映し出す靄だ。

国王の演説を聞いている国民たちが、いったいどのような反応をして、どのような行動を取っているのか……。手に取るようにわかるのである。

そしてまた——この演説が届けられているところは他にもある。

先ほど敵対声明を発表した、ルズベルト帝国の全域だ。

『その国というのが、なんとかの隣国……ルズベルト帝国である。かねてからルズベルトとは余も友好関係を結ぼうと模索してきたが、それを拒否され続けてきたのは周知の通り。隣国でありながら、まだ古い歴史観に縛られていることの証左《しょうさ》である！　よって決めた。——そのルズベルト帝国をも、余の手で消滅せしめることを‼』

国王はそこまでを述べると、右手の指をパチンと鳴らした。

その瞬間。

耳をつんざく大轟音を響かせながら、屋上庭園に神が出現した。

さすがは人知を超えた存在というだけあって、その場にいるだけで周囲に甚大なる影響を及ぼすようだ。

踏ん張らねば吹っ飛んでしまいそうなほどの衝撃波、一瞬だけ周囲を覆い尽くす閃光、王国中を震わせているかのような大激震。

三神のなかで最も力が突出した神……太陽神フレイヤが、ここに復活した。

「ふっ」

腕を組んで状況を見守っていた教皇が、嬉しそうに鼻を鳴らす。

「素晴らしいではないか国王。すっかり神を従えられておるな」

「当然よ。余ほどフレイヤ神を好いている者もおらんからの」

国王は今でも覚えている。

幼少の頃、フレイヤ神たちが《∞の神》を殺したことを知って、夜も眠れぬほどに興奮したことを。力さえあれば、自分でも王位継承権を掴める可能性があるのだと。

当時の自分は第八王子だった。

長男である第一王子が優秀だったのもあり、王の座に就くのはほぼ不可能だと言われていた。

昔はそれが気に喰わなかった。

王族として生まれたからには、より大きなことを成し遂げたい。世界を変えるような偉業を成し遂げて、後世に語り継がれるような偉人になりたい。

そんな欲望を抱えていた当時の自分にとって、フレイヤ神はまさに憧れだった。

力さえあれば、世界を掌握することができる。

邪魔な連中さえ排除すれば、自分も玉座に座ることができるのだと――。

突如浮かんできた思い出に苦笑いを浮かべつつ、国王は再び、大勢の人々に聞こえるように語りかけた。

『さあ、世界最強の神――フレイヤ神よ‼　かのルズベルト帝国は、あろうことか太陽神教の在り方を否定している！　再び神の裁きを下し、かの国を消滅させよ！』

「ゴゴゴゴゴゴ……！」

国王がそう命じると、フレイヤ神はその全身を紅《あか》く輝かせ始めた。

たったそれだけで、再び王国中が激しく揺れ出す。

フレイヤ神の放つ輝きが、王国全土を眩く照らし出す……。

「いや――――!!」

「や、いやだぁぁあああああ！」

「助けてくれ～～～!!」

当然というべきか、〝白い靄〟に映っているルズベルト帝国の住民たちは大混乱に陥っていた。

逃げ場はどこにもないというのに、錯乱状態であちこちを走り回っている。

子どもたちは言わずもがな、屈強な大人たちでさえ顔面蒼白《そうはく》で逃げ惑っている始末だ。

これに乗じて、国境付近で待機していた兵士たちは強行突破を行おうとしているようだ。こちらが攻撃をする前に、なんとしても奇襲を仕掛けたいのだろう。

だが、もう何もかもが遅い。

そんな悠長なことをしている間に、フレイヤ神ならば帝国全土を焦土と化すことができる。

今から何をしたところで、正直なんの意味もないのだ。

と。

ドォン！　ドォン！

ふいに目前に現れた炎魔法を見て、国王は目を見開いた。

「ほう……、これは驚いた。遠隔魔法か」

見れば、フレイヤ神に向けて、幾筋もの炎の可視放射が襲いかかっている。

向こうにも凄腕の魔術師がいるようで、なんと遠方からフレイヤ神に炎属性の魔法を撃ち込んでいるが――これも意味をなさない。

フレイヤ神は文字通り異次元なる存在。

いかに強力な魔法であろうとも、いかに熟練の剣であろうとも、フレイヤ神を脅かすことはできない。実際に今も、フレイヤ神は魔法をまるで意に介さず、ルズベルト帝国を滅ぼすための準備をしているばかりだ。

「マ、ママ～！　いやだ、置いていかないでよ！」

「痛い、痛いよ……‼」

ルズベルト帝国を映し出す〝白い靄〟からは、子どもたちの悲鳴が何度も届いてくる。もちろん罪悪感はこれっぽっちも湧いてこないが。

恨むのなら、ルズベルトの血を引いて生まれたことを恨め。世界統一のためには、ルズベルト帝国はあってはならない存在なのだ。

『さあ、滅ぼせフレイヤ神よ！　ルズベルト帝国の何もかもを、その力でもって滅ぼすのだ‼』

「ゴゴゴゴゴゴ……‼」

国王の命令を受けて、フレイヤの力が一際高まった――その瞬間。

「やれやれ、これは驚いたよ。まさか自分たちの国王が……こんなにも極悪人間だったとは」

ふいに何者かの声が聞こえ、国王は大きく目を見開いた。

「はぁぁぁぁぁぁぁぁぁぁあああああ！」

突如現れたその人間は、驚くべきことにフレイヤ神に斬りかかっていく。

もちろん、フレイヤ神は人間とは次元を異にする存在。

それゆえに、本来ならばその剣を受けても微動だにしないはずであるが——。

「ガァァァアアアアアアアア!!」

「な、なんじゃと……！」

ありえないはずのことが起きた。

男の剣が直撃するや、なんとフレイヤ神が苦しそうにもがき始めたのである。

当然、ルズベルト帝国への攻撃準備も完全にリセット。せっかく溜めに溜め続けた時間が、これで無駄になってしまったのだ。

いや——それはこの際どうでもいい。

何より見逃せないのは、絶対的存在であるフレイヤ神がダメージを負ったということだ。

基本的には、ヴァルムンド王国の人間はみな、この神からスキルを授かっている。

その力はいわば「フレイヤ神の力の一端」であることから、本来なら、その力で神にダメージを与えることはできないはずなのだ。

しかしそれが覆っているということは、他国の人間か、もしくは……!!

「思い出したぞ。貴様、アルフ・レイフォートか！」

「はは、まさか国王様に名前を覚えられてるなんて光栄ですよ」

――アルフ・レイフォート。

剣帝の息子として生まれておきながら、フレイヤ神の加護を得られることなく、《外れスキル所持者》としての烙印《らくいん》を押された者。

この話を聞いた時は珍しいこともあるものだと思ったが、まさか……！

「貴様……！　十八歳の時に授かったスキルは、よもや……！」

「そう、《∞チートアビリティ》。俺もまだ理解しきれていないけど、どうやら《∞の神》の力を授かっているようだな」

「ぐっ、おのれ……！」

ぬかった。

こんなことであれば、アルフの授かったというスキル名を聞いておくんだった……！

「おいおまえたち何をしている！　侵入者だ！　こいつを殺せ！」

だがここで慌てていては国王は務まらない。

すぐに周囲にいる魔術師に命令を出し、アルフを始末させようとするも――。

「な、なんじゃと……！　これはいったいどういうことだ！」

さっきまでは六名いたはずの魔術師のうち、四名がすでに地面に伏している。

しかもその原因が――他二名の魔術師に奇襲を仕掛けられてしまったから。この土壇場で同士討ちなど、いったい何を考えているというのか。

「――ふふ。残念ながら、そのお二人は私たちの仲間です。通信魔法をするフリをして、この場へのルートを開通してもらいました」


さらに乱入者がこの場に現れ、国王は再び驚愕《きょうがく》する。

メイド服をまとい、両手に短剣を携えた謎の女性。さらにはカーリア・リムダス――たしかラミアの近衛兵だったはずだ――までもがこの場に現れている。

「くっ……！　おのれ貴様ら、まさか無限神教からの刺客か‼　しかも貴様は、よもや……！」

「ふふ、半分正解ですわね。アルフ様とカーリアさんは協力者というだけです」

無限神教。

正しい歴史を認識している忌々しい宗教団体であり、《∞の神》を主神としていると聞いたことがある。

国内で暗躍しているとは小耳に挟んでいたが、まさかここまで大胆に仕掛けてくるとは……！

「ふふ、ははは……。愚か者め」

乾いた笑みを浮かべつつ、国王は虚無の空間から魔法杖を出現させる。

「いくら貴様らが足掻こうが無駄だ。フレイヤ神だけでなく、余や教皇も世界随一の使い手。そんな少人数で勝てると思うでない！」

「国王陛下……」

国王のその発言に、カーリアが一歩前に進み出て言った。

「本来、私は陛下をお守りする立場です。王国軍に属する身として、陛下に剣を向けるなど……決してあってはならぬこと」

カーリアはそこで目を大きく見開くと、剣を鞘から引き抜き、その切っ先を国王に向けた。

「しかし、陛下が今おやりになっていることには絶対に賛同できません！　ラミア王女殿下をお守りするためにも……忠義に背くのを覚悟で、あなたと剣を交わさせていただきます！」

「ふん。やはりラミアも一枚噛《か》んでいたか」

周囲を見るに、ラミアはこの場にいない。

彼女自身には戦闘力がないゆえ、どこかで隠れているのだと思われた。

「……よかろう。カーリアと、そして名も知らぬ無限神教の者。貴様らは余と教皇とで、完膚《かんぷ》無きまでにねじ伏せてやるわ……‼」

3

戦いの火蓋《ひぶた》は切られた。

シャーリーとカーリアの二人は、それぞれ国王・教皇と戦うことになったらしい。

さすがにフレイヤ神と手を組まれたら厄介なことになるので、やはりここは手分けをしたほうが無難だろう。

フレイヤ神へダメージを与えられるのは、どうやら俺だけっぽいからな。

「ガァァァァァァァァァァァア!!」

そのフレイヤ神は大きな叫び声を発しながら、紅色のオーラを全身に迸らせる。

そしてなんと、次の瞬間にはみるみるうちに神体が小さくなっていき——最終的には、俺とほぼ同じ背丈へと縮小するではないか。

「…………」

俺の身体に眠る《∞の神》の力が、はっきりと警告を鳴らしている。

これは決して自身の戦闘力を抑えたわけではない。

自身の神体を縮めることで、そのぶん戦闘力を凝縮させている。さらに言えば、巨大化状態だと自分の弱点も狙われやすくなるため……あえてみずからのサイズを縮めたのだろう。

「クク……ククク……。オモイ、ダシテキタゾ……」

と。

「ソノチカラ、ムゲンノカミ……。ワレラニホロボサレシ、アワレナカミ……」

さっきまで奇声ばかりを発していたフレイヤ神が、たどたどしくも言葉を発し始めた。

俺の力に触れることで、少しずつ自我を取り戻し始めたということか……？

「サア、モウイチドコロシテヤルゾ……！　シネ……!!」

そう言って、フレイヤ神がこちらに突進をかましてくる。

さすがは神というだけあって、その速度は今まで戦ってきた誰よりも速い。おそらく父ファオスでさえも絶対に敵わない。

――が。

「ん……？」

★邪神と相対したことにより、チートアビリティの一つが覚醒しました。

◎現在使えるチートアビリティ一覧

・神聖魔法　全使用可

・ヘイト操作

・煉獄剣の使用可
★無限剣の使用可

ふいに浮かんできた文字列に、俺は驚愕する。

色々と思うところはあるが、しかし今は余計なことを考えている場合ではない。

おそらくはフレイヤ神に対抗しうる有用な能力だろうから、四の五の言わずに使用するのが吉だろう……！

「能力発動！《無限剣の使用可》！」

俺がそう唱えた瞬間、全身を神聖なる輝きが包み込み始めたのを感じた。

紅のオーラを放つフレイヤ神に対して、俺に逆っている白銀《しろがね》のオーラ。これが《∞の神》の本領であると、俺はすぐに直感した。

「グォォオオオオオァ！」

雄叫《おたけ》びをあげて拳を振り下ろすフレイヤ神。

その拳にも紅のオーラがまとわりついており、この一撃を喰らったが最後、致命傷は避けられないことが推察される。

――が。

俺は鞘から剣を引き抜き、フレイヤ神からの殴打を防ぎきってみせた。

「くおっ……！」

すさまじい衝撃が剣伝いに襲いかかってきて、俺は思わず数歩後退する。

遅れて波状に発生した衝撃波が、俺とフレイヤ神を起点にして周囲に広まっていく。

「…………ッ！」

その瞬間、フレイヤ神の目に驚愕のいろが宿った。

「バカナ……！　ヒトノミデ、ワガ拳ヲ……！　貴様、《∞の神》ノチカラヲ使いコナシテイルトイウノカ……！」

「はっ……知るか、そんなこと……!!」

口ではこう言って笑ってみせたが、しかしこの戦い、まったく余裕があるわけではない。

今までの敵は《∞チートアビリティ》を使えばすぐに蹴散らすことができたものの、さすがに今回ばかりはそうはいかないようだ。文字通り、一瞬でも油断すれば命はないだろう。

けれど。

「ふぅぅぅぅううう……！」

俺は大きく吸い込むと、より鋭い眼光でフレイヤ神を睨みつけた。

「今度はこちらから行くぞ。覚悟するんだな……！」

俺があらん限りの力を振り絞って剣を振り払うと、その勢いによってフレイヤ神が後方に退く。

その隙を狙って、俺は間断なく剣撃を差し込み始めた。

「おおおおおおおおおおおっ！」

スキルを授かるより前から、みずからの剣技を高め続けてきた日々。

たとえ外れスキルを授かったとしても、腐らずに修行に打ち込み続けてきた日々。

そうした毎日を脳裏に思い起こしながら、俺は最も得意とする剣技を放つ。

――レイフォート流、撃百閃!!

一瞬のうちに、無慮百もの剣撃をフレイヤ神に叩き込んだ。

「ガァァァァァァァアア！」

それらの攻撃を真正面から受け、フレイヤ神が絶叫をあげる。

今までの俺は、いくら強力な剣技を用いたとしても、まるで身体がついてこなかった。剣にまつわるスキルを授かれなかったせいで、攻撃一つ一つが弱いし、剣を振るう速度も鈍重そのものなのだ。

だが……今は違う。

突如使えるようになった《無限剣の使用可》は、その名の通り《∞の神》の力すべてを解放しているように感じられた。

《煉獄剣の使用可》が怒りに身を任せた剣だとすれば、こちらは憤怒《ふんぬ》を乗り越えた先の、聖なる剣――。

かつて三神たちに敗れた《∞の神》よりも、さらに強い力を有しているのではないかと俺は直感した。

「オノレ……！　小賢《こざか》しいわぁあああ！」

対するフレイヤ神も、より自我を取り戻しつつあった。

「たかが人間の分際で、我に勝てると思うなぁぁあああ!!」

ドォォォォオオオオ!!

フレイヤ神が大声をあげた瞬間、奴を起点とした衝撃波が発生する。

たったそれだけで、屋上庭園に植えられていた木々が折れていく。

別途で戦いを繰り広げていたシャーリーやカーリアが、顔を覆ってフレイヤ神を見つめる。

さすがは伝承に残る神なだけあって、その実力は桁違い。俺も咄嗟に後方へジャンプしなければ、その衝撃波に吹き飛ばされていたかもしれなかった。

「ククク……後悔するがよい。創造主たる我に、剣を差し向けたことをな!!」

そしてやはり――フレイヤ神はまだ力を隠していたようだ。

前方に右手を差し出したかと思いきや、なんとその空間の次元を歪ませ――漆黒に輝く剣を取り出す。俺の背丈にも迫るほどの大剣で、その刀身から放たれる漆黒の波動が、周囲の空間をもひずませているような……。率直に言って、この世のものではない剣であるかのような……。

見ているだけで恐怖心を覚えるほどの、まさしく魔の大剣だった。

「ふふ……。直感しているようだな、この魔剣の恐ろしさを」

フレイヤ神は大剣の柄《つか》を握ると、それをぶんと豪胆に振り回す。

「かつて《∞の神》を徹底的に痛めつけた、魔剣レヴァスタス。別次元の神をも殺し続けてきたゆえ、まさに呪われし魔剣よ」

「魔剣レヴァスタス……」

なんだろう。

俺自身はその魔剣を見るのは初めてだが、なぜか全身が震える。

フレイヤ神の言っていることが正しければ、あれは《∞の神》を殺害したという忌むべき魔剣。

俺の血に流れる《∞の神》の力が、無意識にこれを怖がっているというのか……？

と、その瞬間だった。

上空に浮かぶ白い靄たちから、ふと「頑張れ」という声が聞こえたのは。

★　★　★

――一方その頃。

Sランク冒険者のミュラー・カーフェスは、上空に浮かんでいる〝白い靄〟を見ながら、ある直感を思い浮かべていた。

今フレイヤ神と戦っているあの青年は、かつて森林地帯で化け物を倒したという《男の人》であると。そして現在も、世界の人々を救うために、命をなげうってまで死闘を繰り広げているのだと。

彼に助けられたという女性によれば、その《男の人》はイケメンということだったらしいが――。

なるほど、たしかに素敵な魅力を持っている青年だった。

外見的な意味のみならず、巨大な敵にも立ち向かえる勇敢さ。国王と教皇に逆らえば絶対にただでは済まないのに、それでも立ち上がれる男気。

ミュラーが冒険者を志すきっかけになった父の姿にも似ていると、無意識のうちにそう感じるのだった。

――たった一時間のうちで、世界は大激変を迎えた。

詳しい事情は不明だが、なんと国王がフレイヤ神を蘇らせ。

そして太陽神教に背いているという国を、いきなり粛正し始めたのである。

難しい事情はミュラーにはわからない。

しかしだからといって……他国を排斥していい理由にはならないはずだ。

フレイヤ神を利用して、他者を迫害する。そんなことが正義であるはずがない。

だからミュラーも、できることならあの蛮行を止めたかった。

暴走する王を引き留めるのは、Sランク冒険者たる自分の使命だと思ったから。

しかしやはり、立場が上がれば相応のしがらみも発生してしまうもの。ギルド本部に問い合わせてみても、「まずは状況を確認したい」「様子を見てから行動を起こしたいと」の一点張りで、ミュラーとしても歯がゆいばかりだった。

もちろんギルドにも立場があるので、それが仕方ないことだとは理解できる。考えなしに突撃することが、必ずしも正しいとは限らないということも。

だが……今苦しんでいる人に手を差し伸べられずして、何がSランク冒険者だというのか。

こういう時に巨悪を討つために、自分は冒険者になったのではないか。

そんな歯がゆい思いを抱えているのもまた、事実だった。

――そうした時、また彼が現れてくれた。


たった数秒で世界を滅ぼしてしまうほどの、強大な力を持つフレイヤ神。

本来であれば、自分たち人間では決して勝つことのできない相手なはずだ。

それでも彼は互角以上に戦ってくれていた。

いや……互角どころか、優勢であるとさえ感じられた。

もし国王の暴走を止められるとすれば、それは彼を置いて他にない。かつて森林地帯で化け物を倒してくれた時のように、もう一度、人々を救ってほしい――！

だからこそ、ミュラーは今、我を忘れて叫んでいた。

「頑張れ――！」

と。

★　★　★

「こ、これは……」

白い靄から聞こえてくる、いくつもの声援。

ルズベルト帝国の民たちも全力で応援してくれていたが、しかし、声援は帝国だけに留まらない。なんとヴァルムンド王国の人々もまた、温かい声援をこちらに送ってくれていたのだ。

――頑張れー！　頑張れー！――

――お願い、私たちの国を守って……！――

――そんな奴は神じゃない！　頼むから王の暴走を止めてくれ！――

「な、なんじゃ、耳障りな……！」

シャーリーたちと戦いを繰り広げていた国王が、白い靄に向けて大声を発する。

「何を言うとるんじゃ馬鹿者どもが！　フレイヤ神が我が国にもたらしてくれた恩恵を忘れたのか！　太陽神教こそが絶対的な正義――フレイヤ神なくして、世界の秩序は保たれんのだぞ!!」

「……いい加減目を覚ましなさい、狂信者よ」

そんな絶叫をあげる国王に、シャーリーが静かな声で呼びかける。

「あなたは踊らされていたのですよ。歴史の強制力に」

「な、なんじゃと……！　どういう意味じゃ!?」

「…………」

シャーリーはそれには答えることなく、今度は俺を見て言った。

「アルフさん！　フレイヤ神に勝てるのは、この世界で唯一、あなただけです!!　私たちで国王と教皇を止めますから――どうか、この巨悪を止めてください!!」

「シ、シャーリーさん……」

と、その瞬間。

★《∞チートアビリティ》の影響を受けて、身体能力が大幅に強化されました。
かつてフレイヤ神たちに敗れた《∞の神》よりも、さらに段違いの力があなたに宿っています。
――どうかお願いします、フレイヤ神を討ってください。

「な、なんだ……!」

ふいに視界に浮かび上がってきたメッセージに、俺は驚きの声をあげる。

ただでさえ《無限剣の使用可》で強くなっているというのに、さらに上の次元に行けるっていうのか……!? 世界中の人々から応援を受けた影響だろうか……。

試しに剣を振ってみると、たしかに先ほどより身体が軽い。

しかもその一振りだけで強烈な突風が発生しているので――さらなるパワーアップを遂げられたのは間違いないようだ。

これなら、勝てる……!!

「ふん、小賢しい真似《まね》を!!」

対峙するフレイヤ神も、当然というべきか負けるつもりはないようだ。

先刻とは比にならない力を解放し、魔剣レヴァスタスの切っ先をこちらに差し向けた。

「貴様らにはわからんだろう！　世界は進まねばならないのだよ！　%$%%$が記した歴史書通りにな!!」

「なんだって……？」

どういうわけだか、発言の一部が聞き取れなかった。

うまく言い表せないが、その言葉自体を認識できなかったというべきか——。

「死ね！　哀れな人間どもよ!!」

そうして勢いよく突進をかましてくるフレイヤ神。

やはり奴も本気を出しているのか、たったそれだけで周囲に衝撃波が発生している。

だが、俺もさらなる力を手にした身。

フレイヤ神が斜め上方向から振り下ろしてきた魔剣を、間一髪で避《よ》ける。

その一瞬で生じた隙を狙い、俺も横一文字の斬撃を敢行。

しかしやはり、簡単には勝たせてくれないのがフレイヤ神。

俺の攻撃をも間一髪で躱し、さらなる剣撃を差し込んできた。

まさにそれは、人間とは次元を異にする戦い。

実際にも、剣撃による影響で王都全体が甚大なる影響を受けていた。

あちこちの地面には穴が穿《うが》たれ。

王都全体が激しく振動し。

一瞬でも気を抜けば命を持っていかれる、文字通り死闘だった。

もちろん、俺は絶対に負けるつもりはない。

剣を持った瞬間にはすべての雑念を追い出す――レイフォート流の教えが、ここでも役立っていると言えた。

「くっ……！　馬鹿な！　なぜ倒れぬのだ！」

苦々しい表情を浮かべるフレイヤ神に、俺は不敵に笑って言う。

「なんだよ。神も焦ったりするのか？」

「おのれ！　神を煽るなぁああ!!」

大声をあげながら、数メートル先に対峙するフレイヤ神が大剣を構える。

その瞬間、さらに膨大なる漆黒のオーラが発生し、より大きな振動が王都全体に発生した。

――俺の直感が告げている。

これは太古の時代、フレイヤ神が《∞の神》へのトドメに使った技だ。

空間ごと切り裂いてしまうほどの大技で、もしあの剣撃に直撃してしまおうものなら、存在そのものが消し飛ぶ。かつての《∞の神》も、あれを喰らったがために、現代に生きた痕跡を一つも残せていないと。

「…………！」

俺は咄嗟に表情を引き締めると、左手を剣の切っ先に添えて、防御の姿勢を取る。

その上で中腰の姿勢を取り、フレイヤ神からの攻撃に備える。

おそらくこれは、中途半端な姿勢で防ぎきれる攻撃ではない。もてる力のすべてを用いて防御に徹さなければ、その瞬間から死に至る可能性さえあるだろう。

「はは……愚かな人間めが」

相も変わらず力を高め続けるフレイヤ神が、片頬だけを吊《つ》り上げて笑う。

「いかに《∞の神》の加護を受けていようと、我の攻撃を防ぎきれるはずがない……！　そのまま肉片すら残さず消してやるわ!!」

ゴゴゴゴゴゴゴ……！　と。

さらに多くの力を解放しているためか、フレイヤ神を起点として、さらなる震動が発生する。

フレイヤ神の放つオーラが王城全体を包み込み、王都そのものを呑み込み、文字通り一帯の空間が紅一色に染まる。

「アルフ殿……大丈夫ですか!?」

教皇と戦いを繰り広げていたカーリアが、心配そうな声を発する。

「大丈夫です……！　ここはどうか、俺に任せてください……！」

この攻撃さえ凌《しの》ぐことができれば、フレイヤ神にも大きな隙が生じるはず。

そうなるまで耐えるのだ――！

「さあ行くぞ！　我に刃向かったことを、地獄の底で後悔するがよいわ！」

フレイヤ神がそう叫んだ瞬間、奴の神体が消えた。

そして一秒もしないうちに――剣を振り下ろそうとする直前のフレイヤ神が、文字通り目前に現れるではないか。

「…………」

かつての《∞の神》は、この速度を認識できずに大技に巻き込まれた。

だがもちろん――同じ轍《てつ》を踏むつもりは決してない。

フレイヤ神が目の前に現れる前から、俺はフレイヤ神の振り下ろす剣の軌道に合わせて、刀身を横に掲げていた。

そして。

ガキィィィィィィィィン！

耳をつんざく金属音を響かせながら、俺は無事、フレイヤ神からの攻撃を防いでみせた。

やはりフレイヤ神が渾身《こんしん》の力を込めているだけあって、すさまじい衝撃が剣を伝ってくる。

ただ踏ん張っているだけで、俺の足が屋上庭園の地面にめり込んでいく。

だが――耐えられない重さではない！

「な、なんだと……！」

完全に受け止められたことに衝撃を受けたのか、フレイヤ神がかっと目を見開く。

なんとか防御には成功したが、さすがは人間を超越した神様だ。意識そのものを防御に全振りしなければ、まず間違いなく押し負けていただろう。

けれど、無事に防ぎきることのできた今ならば――――！

◎現在使えるチートアビリティ一覧

・神聖魔法　全使用可
・ヘイト操作
・煉獄剣の使用可
・無限剣の使用可

現在使える《∞チートアビリティ》のなかから、俺は《神聖魔法　全使用可》を選択。

使用する魔法は、かつてルーイを葬った《聖剣九十九舞》。

その魔法名通り、数え尽くせないほどの〝光の剣〟を出現させる技だ。さすがにこれだけでフレイヤ神を倒すことはできないが、戦況を突破する足がかりになれば……！

「ヌッ……！」

いきなり背後から出現した光の剣たちに、フレイヤ神は忌々しそうに表情を歪める。

しかし大技を撃った後の硬直で、もちろん防ぐことも避けることもできなそうだ。そのままがら空きになったフレイヤ神の背中へ、無数の〝光の剣〟が襲いかかる。

「グォォォォオオオオアアア！」

いかに創造主を騙《かた》るフレイヤ神であろうとも、さすがにこれはたまらなかったらしいな。致命傷にまでは至らずとも、剣を押し込む力が明らかに弱まってしまっている。

そしてこれが、俺の狙った好機でもあった。

「はぁああああああああ！」

レイフォート流、瞬剣の舞!!

わずかに生じたフレイヤ神の隙を見逃さず、俺は全力の剣撃を奴に見舞う。

「グゴガガガガガガガガ……!!」

これも本来ならフレイヤ神に通用するはずもない一撃。

だが《無限剣の使用可》によって神の力を得ている以上、いかに最強の神であろうとも、看過できないダメージが入るのは必然だった。

「おのれ、人ごときが、我を斬るなどと……！　恥を知れぇえええ!!」

そう恨み言を吐くフレイヤ神だが、さすがに効いているようだな。

片膝と片手を地面につき、さっきまでの余裕綽々とした態度は完全に失せている。

頑張れ、と声がした。

どうか私たちを助けて、と声がした。

その瞬間、身体の底から止めどなく力が溢れてくるのを感じた。

なんとなくだが、《∞の神》はこの瞬間を待ち望んでいたのかもしれない。

かつては世界を創造し、大勢の人々に手を差し伸べてきた創造主。

にも関わらず……今はどうか。

《∞の神》という存在自体が認知されていないうえに、邪神たる三柱が人々に崇められている。

その苦しみや悲しみは——きっと俺ごときが想像するのもおこがましいだろう。

だから。

「行くぞフレイヤ神！　これでトドメだ!!」

そう叫びながら、俺は片膝をつく神のもとに疾駆する。

——レイフォート流、撃百閃!!

たった一瞬のうちに無慮百もの剣撃を叩き込むその大技は、動けないままのフレイヤ神を容赦なく切り刻んだ。

「ウゴォォォアアアアアア！　馬鹿な、馬鹿なぁぁぁああ!!」

フレイヤ神がそう悲鳴をあげている間にも、俺は攻撃の手を止めない。

この姑息《こそく》な神相手には、いかなる油断も隙も許されない。俺に流れる《∞の神》の血が、そう告げていたから。

そして。

「喰らえぇぇええええ!!」

最後の一撃をフレイヤ神に浴びせるべく、俺は裂帛《れっぱく》の気合をもって飛びかかる。

フレイヤ神も右手を突き出して抵抗しようとしていたが、しかしもう遅い。

俺はその右手を掻い潜り、がら空きになった胴体に全力の一撃を敢行《かんこう》。

たしかな手応えを感じながら、そのまま突進の勢いに任せ、フレイヤ神とは少し距離を取った位置で着地する。

そしてくるりと背後を振り向くと、

「くくく……ははは……」

フレイヤ神は胸部を押さえながら、苦々しい笑みを浮かべているところだった。

「驚いたよ。いくら《∞の神》の力を宿しているといえど……まさか我が、人にやられるとはな」

もう戦うつもりはないのだろうか。

そう喋《しゃべ》り続けるフレイヤ神には、もはや立ち上がる気配さえ感じられない。

「だが、忘れるでない。たとえ我が敗れたとしても、歴史の強制力には抗えない。これから世界は、さらなる困難に見舞われることになろう」

「な、なんだって……？」

俺が片眉をひそめた、その瞬間。

「ひ、ひぃぃぃぃいいいいい！　やめろ！　やめるんじゃァッ!!」

向こうもちょうど決着がついたらしいな。

尻餅をついている国王に向けて、シャーリーが短剣の切っ先を突き付けている。

「よ、余を倒せばそれで終わりになると思っているのか⁉　フレイヤ神がヴァレスト帝国を滅ぼしたことで、国際情勢は一気に変わった！　そこで余たちを討ち倒してみろ！　どうなると思う！」

……なるほど、そういうことか。

たしかにここで国王たちを倒してしまうと、敵対している国がここぞとばかりに攻め入ってくる可能性があるな。国際世論的にも、まあ間違いなくヴァルムンド王国への怒りは高まっていることだろうし。

俺はきっとフレイヤ神を睨みつけると、かつてのラミア王女の言葉を思い出しながら言った。

「しかし世界を創造せし邪神の阻止が入り、世界は死の海と化す……。なるほど、ここであんたを殺そうが殺すまいが、同じような結末になるということか」

「クク……。そういうことだ。この強制力はどう足掻こうが覆すことはできん。たとえ神の力であってもな」

「…………」

歴史の強制力。

そして《エストリア大陸の詩》。

この二つについてはまだ謎が多いな。これで一件落着に思えて、その実、まだまだ終わっていないということか。

「アルフ様、臆することはありませんよ。フレイヤ神を生かしておけば、どのみち国王たちは、自分に従わぬ者を始末するはず。……少なくとも今現在虐げられている人たちに関しては、私たちの手で救うことができるでしょう」

「ええ……、そうですね」

たしかに世界情勢のことは心配だが、だからといってこんな世迷言《よまいごと》に惑わされるつもりはない。

シャーリーの言う通り、今すぐにフレイヤ神たちを倒しておけば、少なくともルズベルト帝国の人々は救うことができるのだから。

そう思いなおした俺は、片膝をついたままのフレイヤ神に剣を向けた。

「フフ……、我を倒すか。よかろう。それもまた一つの決断だ」

そして俺にトドメの一撃を見舞われ、その命が完全に絶える時まで、フレイヤ神は笑みを浮かべたままだった。

「我は現世を去ることになるが……楽しみにしているぞ。世界はどんな混乱を迎えるのか……。そして《∞の神》の力を宿す貴様が、どう抗うのか。ふふ……ははははははは……!!」

4

一連の事件はひとまず落着した。

フレイヤ神は最後の一撃を喰らった瞬間、神体そのものが宙に溶けて消え。

国王や教皇についても、シャーリーたちが無事に拘束してくれた。

以後、ヴァルムンド王国は誰が率いていくことになるのか……。

そして周辺諸国への対応はどうするのか……。

まだまだ沢山の課題は残っているが、とりあえず最悪の事態だけは避けることができた。あのまま国王やフレイヤ神を野放しにしていては、考えるまでもなく、ルズベルト帝国の住民が犠牲になっていたからな。

上空に浮かんでいた〝白い靄〟も、戦闘後に綺麗になくなっていた。

詳しい原理は不明だが、時間の経過によって消える魔法だったのかもしれない。フレイヤ神を討った直後に歓声が聞こえてきたから、たぶん戦闘の行く末自体は伝わっていると思うが。

「この度は本当にありがとうございました、アルフさん」

自身もシャーリーの作った道を通ってきたのか、第三王女ラミア・ディ・ヴァルムンドが声をかけてきた。

さっきまで彼女はここにいなかったので、戦闘が終わるまで様子を見ていたんだろうな。

「まさか本当にフレイヤ神を倒すなんて……私の目に狂いはなかった。疑いようもなく、あなたは英雄です。ありがとうございました」

「はは……、いえいえ。とんでもありませんよ」

正直に言えば、俺自身も驚いているところだ。

神話に伝わるフレイヤ神を、まさか俺が倒してしまうとは。

いまだに信じられないところである。

「ふふ。そう謙遜なさらないでくださいな♪」

そう言って、ラミアはぎゅっと両手を握りしめてきた。

「ちょ、ラミア王女殿下……！」

「ルズベルト帝国の住民だけではありません。きっとヴァルムンド王国の民たちも、あなたを褒め称《たた》えていますよ。〝白い靄〟からだと、全体的に映像が荒かったのが懸念点ですが……」

「いやいや、それでいいんですよ」

別に名声を高めるためにフレイヤ神と戦ったわけではないからな。

俺の名前が完全に世界に広まっていないのであれば、それはそれで好都合である。俺は父やベルダのように、派手な生活が好きというわけでもない。これまでのように、静かにムルミア村で過ごすことができればそれでいい。

「でも……ラミア王女殿下。これからどうするんですか？　国王を捕らえるなんて、正直前例がまるでないと思うんですが……」

「ええ、そうですね……」

そう言いつつ、ラミアは切なげな表情で国王に目を向ける。

「当分の間は、ユーシア兄様が筆頭になって指揮を執る形になると思います。おそらくは国際世論の反応を見ながら、今後の動向を決めることになるでしょうが……」

ユーシア・ディ・ヴァルムンド。

たしか、ここヴァルムンド王国における第一王子だったはずだ。

圧倒的な慧眼《けいがん》を持ち合わせつつも、その誠実な人柄から国民からの信頼も厚いと聞く。まだ年齢的には二十五歳ほどと若いが、たしかに、次期国王になるならユーシアしかいないか……。

「放せ！　放すのじゃ！　余を誰だと思うておるッ!!」

後ろ手に縛られている国王は、今も両足をジタバタさせてもがいている。

一国を束ねるトップだというのに、その最後はあまりにも見苦しかった。

「ふふ、あまり暴れるものではないよ国王。これも運命だ。受け入れざるをえまい」

一方の教皇に関しては冷静沈着そのものだった。

国王の隣で同じく拘束されているものの、彼と違って暴れる様子はない。

「面白いではないか。世界はフレイヤ神の破滅を選んだ。その結果、より大きな絶望が待っているとも知らずにな」

「何訳のわからぬことを言うておる！　余はただ、己の実権を大きくするために……!!」

「ふん、おまえは相変わらず浅ましい男よの」

「な、なんじゃと……!!」

二人して口喧嘩《くちげんか》を繰り広げているが、これは放っておく。

シャーリーもカーリアも、呆れた様子で二人を放置しているばかりだ。

「そうだ、アルフさん」

そこで思い出したように声をかけてくるラミア。

「そういえばさっき報告を受けたんですけど、ある洞窟にて、ファオスさんとベルダさんが倒れているのが目撃されたそうです」

「え……二人が？」

「はい。近くをうろついていた冒険者が見知らぬ洞窟を見つけたらしくて……その先に、二人が倒れていたのだとか」

「…………」

なんだ？　いったい何が起きているんだ？

ファオスは言うまでもなく、ベルダも《神聖剣》という強いスキルを授かった身。

その二人が倒されることなど、そうそう起こりえないと思うんだが……。

「――その洞窟はおそらく、《太陽神の神殿》でしょうね」

俺が困惑していると、会話を聞きつけたシャーリーが声をかけてきた。

「無限神教の報告によると、国王と教皇に連れられたレイフォート親子が、その神殿に入っていった形跡が目撃されています」

「し、神殿……」

「ええ。ヴァルムンドの国民には知れ渡っておりませんが、そこはおそらく、フレイヤ神の遺体を安置していた場所でしょう」

「な、なるほど……」

そんな神殿があったなんて、俺も全然知らなかったけどな。

一般国民が知りえない極秘情報を握っているなんて、やはりシャーリーもただ者ではない。無限神教も同じく、底知れない組織だと言えるだろう。

「あ、待って!!」

何かを思い出したのか、ラミアが懐から古びた予言書を取り出す。

「――かつて世界を滅ぼさんとしたフレイヤ神、無限の神により、無数の剣にて封印される。その封印を解く鍵となるのは、英雄の片割れでもあり、フレイヤ神からの寵愛を受けし者……」

「あ……!」

その言葉を聞いて、俺は思わず大きな声をあげてしまった。

フレイヤ神からの寵愛を受けし者というのは、おそらく強力なスキルを授かっている者だろう。

このスキルそのものが、まさしくフレイヤ神からの恩恵だからだ。

そしてファオスもベルダも、それぞれ有用なスキルを授かっている。

つまり……!

「ええ、そういうことでしょう」

俺の思考を先回りしたか、シャーリーが俺を見て言った。

「レイフォート家が《剣帝一家》として名を馳せているのは、それだけフレイヤ神からの寵愛を受けていたからです。あなたたち一家は古くからフレイヤ神を厚く信仰していましたから、その分だけ強いスキルを授かることが多かった」

なるほど、そういうことだったのか……！

たしかに父も、俺が外れスキルを授かったというだけで家を追放した。それは翻せば、よほど太陽神教への信仰が強かったとも言える。

「うん……。これで得心がいったわね」

ラミアも右手で顎をさすりながら言った。

「そのフレイヤ神を蘇らせるには、深い寵愛を受けている者……。つまりはレイフォート家の者が贄になる必要があったということね」

「ええ、そういうことです」

そう答えつつ、シャーリーはちらりと俺を見て言った。

「この〝英雄の片割れ〟というのも、おそらくアルフさんの家族だと言い換えることができるでしょう」

「いやいや、そんなそんな……」

俺が英雄だなんて、それこそありえない話だ。

「でも、その二人が贄になったってことは……。もしかしてもう……」

俺のその問いかけに、ラミアが反応する。

「いえ、別にお亡くなりになったわけじゃありませんよ。二人は今、近隣の村に避難しているようですから」

「…………ん？　じゃあ、贄というのは？」

「それがもう、スキルそのものを使えなくなったようでして。フレイヤ神を復活させる際、二人は力をはく奪されたのかもしれません」

「そ、そんなことが……！」

そりゃあやばいな。

こう言ってはなんだが、父ファオスもベルダも、強いスキルを持っているから尊敬されている節がある。

特にベルダは今までほとんど修行なんてしていないから、その上スキルまで奪われてしまったら、それこそ何も残らないだろう。

――ある意味においては、死よりも過酷な現実だと言えた。

「まあ、正直言って自業自得だとは思いますけどね。アルフさんには一応、伝えておこうと思いまして」

「はは……ありがとうございます」

となると、二人は今何をしているのだろうか。

人の口に戸は立てられないし、この噂がすぐに広まっていくのは想像に難くない。王都に戻ることは到底できないだろうから、このまま辺境で隠居することになるってことか。

……俺と同じ道を辿っているみたいで、なんか嫌だけどな。

けれどまあ、これも二人に科せられた罰だろう。

きっと貯蓄はたっぷりあるはずだし、その意味においては、俺よりも楽なセカンドライフを送ることができると思う。

「さて……ではいったん、私たちはムルミア村に戻るとしましょうか」

そんな思索を巡らせていると、ふいにシャーリーが俺を見てそう提案してきた。

「アルフ様にはまだまだ、お話ししたいことが山ほどあります。村で身体を休めつつ……今後の動きについて相談させてくれませんか？」

「あ……はい。そうですね」

俺のほうも、彼女について色々聞きたいところだった。

ここはいったん村に戻って、ゆっくり腰を落ち着けていきたい。

「では、私とカーリアは王城に残ります。アルフさん……改めてありがとうございました」

そう言って、ラミアは再びぎゅっと俺の手を握ってきた。

「たぶんですけど、またアルフさんのお力を借りる時が来ると思います。その時はぜひ……力を貸してくれませんか？」

「はは……。はい、俺でよければぜひ」

「ありがとうございます……！　あなたに会えて本当によかった！」

そう言って、にっこりと天使のような笑みを浮かべるラミアだった。

5

「ぐぁぁあああああああああ！」

ヒツジモンに強烈なキックを見舞われ、ファオス・レイフォートは大きく後方に吹っ飛んだ。

「ケケケケ……！」

「キヒヒヒヒ……！」

他のヒツジモンたちも、ファオスを取るに足らない雑魚だと認識しているのだろう。

それぞれ醜い笑みを浮かべながら、じりじりとこちらに距離を詰めてきていた。

「ば、馬鹿な……！　この私が、なんという屈辱を……!!」

――ある昼下がり。

一時的に避難している村から、程近いところにある森林地帯にて。

ファオスはベルダを伴って、ともにリハビリを行っていた。

自分がスキルを使えないのは何かの間違いであって、何度か戦闘を繰り返しさえすれば、前の勘を取り戻すことができるはず。

そんな期待をもってヒツジモンたちと対決してみたが、現実はなんとも残酷なものだった。

ヒツジモンといえば、雑魚敵の代名詞。

弱いスキルの持ち主でも簡単に勝てる相手だし、もっと言えば、外れスキル所持者でも苦戦することのない魔物だ。知能もそれほど高くなく、戦闘力もかなり低い。だから戦闘に慣れていない冒険者などが、練習を兼ねて戦うことになる魔物だが——。

「キャハハハハハハハハ！」

「ぬおおおおおおおあああああっ!!」

そのヒツジモンの猛攻に、ファオスはなすすべもなく直撃され続けていた。

高級な防具をつけている関係上、一発一発はさして重くないが——それでも以前と比べて、ヒツジモンの攻撃がかなり強烈に感じられた。

「な、なぜだ……！　なぜだぁ……！」

我ながらあまりにも情けない醜態に、ヴァドスは涙を禁じえない。

かつて自分が扱っていたスキルは《剣帝》。

剣の腕前が劇的に向上し、剣を使った攻撃は威力が何倍にも跳ね上がる。

名前の通りかなり強力なスキルだったのだが、しかしスキル頼りに剣を振るい続けてきたのが仇《あだ》になった。

スキルの恩恵なしに剣を振るっても、身体は重いわ威力も弱いわで、以前の感覚がまるで通用しない。こうしてヒツジモンにさえ一方的に殴られてしまうほどに、ファオスは絶望的な弱体化を遂げてしまった。

そして。

「ぎゃあああああああ！　いてぇ！　いてぇよぉぉお！」

さらに悲惨なのは、次男たるベルダだった。

彼の場合は今までほとんど修行をしておらず、《神聖剣》のおかげで多少はマシに戦えただけ。

その恩恵が完全に潰えた今、ベルダは正直に言って肉の塊。

攻撃が鈍重すぎてヒツジモンに剣すら当てられず、未熟な精神ゆえに、ああして泣きながら逃げ回っている始末だ。

これが栄誉あるレイフォート一家の戦いだとは、きっと誰も想像がつかないだろう。


――ファオス様、どこに行かれるんですか!? その森にはヒツジモンしかいませんよ?――

村を出る時、匿《かくま》ってくれた村人がそう呼び止めてきた場面が脳裏に蘇る。


――なに、素人は感じ取れぬだろうが、森の奥から凶悪な気配を感じてな。今のうちに始末しにいくだけのこと――

――なんと、さすがはファオス様です！ ぜひ勇姿を見に行きたいので、同行させていただいてもよろしいでしょうか!?――

――え!? い、いやそれは駄目だ。かなり危険な相手ゆえ、貴殿を巻き込むのは心苦しい――

――へ？ でも、剣帝様なら僕くらい余裕で守れるのでは？――

――そ、それは……！ あ、あそこに人気女優のメルニアが!!――

というしょうもないやり取りを交わしたのちに、なんとかここまでやってきたのだ。

以前もそうだったのだが、やはり剣帝である以上、その腕前を見たがる者は非常に多い。

強いスキルを扱えるうちはそれでもよかったものの、こんな醜態《しゅうたい》を、まさか誰かに見せるわけにはいかない……！

「くおおおおおおおおっ!!」

そこまで思考を巡らせたところで、ファオスは気合を入れる。

前まではこれだけで熱いオーラが迸ったり、周囲の葉っぱが舞い散ったり、それっぽい演出が起きたのだが……。

今ではもう、ただ叫んだだけだった。

「ビィ……？」

それでもヒツジモンたちをビビらせることには成功したようで、数体がのけぞっている。

そしてその隙を見逃すほど、元剣帝たるファオスは甘くなかった。

「いくぞ！　おおおおおおおおおおっ!!」

ファオス流、最終奥義。

――頭突き。

「おおおおおおおおっ！」

「うぎゃあああああああああ！」

ヴァドスが全身全霊で行った頭突きは、ある程度のダメージを与えることに成功したらしい。

数体のヒツジモンが勢いよく後方に吹き飛んでいき、そしてベルダを追いかけていたヒツジモンをも巻き込んで、猛スピードで大樹に激突した。

「ウギギ……」

「隙ありぃぃぃいいいいいいい！」

ドン引きしていた残りのヒツジモンたちにも、ファオスは容赦なく頭突きを実施。

これだけで倒すことはできないはずだが、少なくとも逃げるための隙を作り出すことはできただろう。

「今だベルダ！　逃げるぞ、起き上がれ!!」

「は、はいっ……！」

震える身体をなんとか起こし、懸命に走り出すベルダ。

その際、大きく出張った腹がたぷんたぷん揺れていたが、きっとあれでも大真面目に走っているんだと思われる。

そしてとうとう、ファオスも逃走しようとした時――。

「あ、いたいた！　こんなところにいたんですねえ、お二人とも！」

「えっ……!?」

先ほどファオスの戦いを見たがっていた村人が、なんとこの場に現れたのである。

「いやぁ、やっぱり剣帝様の戦いを見られないのは一生の損になると思って。俺も剣のスキルさえ授かってれば、冒険者になろうと思ってたんすよ！」

そう言ってにかっと笑う村人に、ファオスは大きく後退する。

なぜなら、その村人の後ろにもまた、大量のヒツジモンがいたからだ。

「む、村人殿……。その魔物たちはいったい……」

「ああ、これですか？」

ファオスの指摘に対し、村人は悪びれる様子もなく後頭部を掻いて言った。

「いやあ、よくわかんないけど目をつけられちまったみたいで。でも大丈夫です！　ここにファオス様がいるって聞いてたんで、あえて放置してきました！」

「は……？」

「さあお願いしますファオス様！　こんなクソザコな魔物、ちゃちゃっとやっつけてくださいよ!!」

「え、えっと、その……」

どうする。

いったいどうすればいい。

どう切り抜ければ、自分の名誉を落とさずに済むのだ……！

「あ！　あそこに人気女羊《にんきじょよう》のメスジモンが!!」

「えっ⁉」

「ピィ…………？」

ヒツジモンが一斉にその方向に顔を向けたのを、ファオスは見逃さなかった。

「よし掴まれ！　青年！」

そして村人の手を掴み、そのままベルダとともに逃走を図る。

人気女羊のメスジモンなんて口から出まかせだが、ヒツジモンたちは目の色を変えて周囲を捜し回っている。まさか本当にそんなヒツジモンが存在するのだろうか。

「ちょっとファオス様！　なんで逃げるんすか、ヒツジモンすよ！」

「け、剣帝たる者、無暗《むやみ》な殺生はしない主義なのだよ‼　わはははははは！」

「へぇ～そうなんすね、さすがです‼」

自分でも意味不明な言い訳をしていることに、ファオスはやはり涙目になるのだった。

6

「こ、ここは……」

「――ええ。私たち無限神教の拠点の一つです」

シャーリーがそう案内してくれるも、彼女の言葉はあまり頭に入ってこなかった。

何しろ周囲に広がる光景は、文字通り常軌を逸していたから。

一言で表現するとすれば、《白銀の世界》となるだろうか。壁面も床面も沢山の銀箔《ぎんぱく》で彩られており、もはや絢爛《けんらん》豪華という言葉さえ生ぬるい。

しかしそれでいて、天井には夜空そのままの景色が広がっているのだ。

思わず野外にいるのではと錯覚してしまうほどに美しい星々の煌めきが、上空から発せられている。

そして何より目を引くのは、部屋の中央部分にある祭壇か。

「シャーリーさん、ここが……」

「ええ、そうです。《∞の神》様を祀っている祭壇となりますね」

「…………」

なんだろう。

もちろんこの場所を訪れるのは初めてなんだが、なぜか胸が締め付けられるような感覚を覚える。

――どうして、私を裏切ったの？

――どうして、私を殺そうとするの？


「…………っ」

ふいに声なき悲鳴が脳裏に浮かび上がってきて、俺は思わず頭部を右手で押さえてしまう。

「アルフ様。どうかなさいましたか？」

「……わからないです。急に声が響いてきて」

「声……」

きっとシャーリーには聞こえなかったんだろうな。

一瞬だけ不思議そうに目を丸くしていたが、その後すぐに、優しく俺の背中をさすってくれた。

「おそらく《∞の神》様と共鳴を果たされたんでしょう。大丈夫ですか？」

「はい……なんとか」

突然のことで驚いたが、体調そのものには支障ない。

俺はふうと息をつくと、改めて祭壇に視線を向けながら言った。

「――すごく、悲しそうな声でした。どうして自分を裏切ったのか、どうして自分を殺そうとするのか……。最後まで理解しきれていないような、そんな声で」

詳しい状況はわからないけれど、きっと《∞の神》が三神に裏切られた時、このような気持ちだったんだろうと思われる。

そして《∞の神》が、最後の最後まで三神たちを信頼していたことも……。

「シャーリーさん。この祭壇に、祈りを捧げてもいいですか？　作法とか、細かいことは何もわかりませんが……」

「ええ。きっとアルフ様が祈りを捧げてくれたら、神様もお喜びになるでしょう」

シャーリーの言葉を受けて、俺は両手を重ね合わせ、かつて世界を創造したという《∞の神》に祈りを捧げる。

ふわり、と。

その瞬間に少しだけ身体が軽くなったような――そんな気がした。

「シャーリー教皇様!!」

「ご無事でしたか!?」

と。

俺が祈りを捧げ終わった直後に、部屋の扉から二人、新たな人物が姿を現した。

二名とも白銀のローブを羽織っており、右胸のあたりに《∞》の字が書かれているな。ここ無限神教の信者たちであることは容易に推察できた。

――というか、ちょっと待てよ。

シャーリー教皇様とはいったいどういうことだ。

「どうされました？　今はアルフ様が祈りを捧げている最中ですよ？」

俺の驚愕を知ってか知らずか、シャーリーは男たちに向けてやや冷たい声を発する。

「な、なんと……！」

「そこにいらっしゃるのはアルフ様……!?」

「こ、これはこれは、失礼を……!!」

そんなふうに頭を下げられてしまうものだから、俺としても慌ててしまった。

《∞の神》を信仰している団体だし、俺を持ち上げるのも理解はできるんだけどな。俺自身が偉業を成し遂げたわけではないので、さすがに恐縮してしまう。

シャーリーはそこでふうとため息をつくと、ぺこりと俺に頭を下げてきた。

「ごめんなさいねアルフ様。私が直接ヴァルムンド王国に出向いていたものですから、きっと彼らも心配してくれてるだけだと思います。お気を悪くしないでください」

「い、いやいや、それはいいんですけど……」

そしてやはり、俺は突っ込まずにいられなかった。

「っていうか、シャーリーさん……？　どういうことですか、教皇様って」

「……ああ、そういえば説明していませんでしたか」

シャーリーはそこでスカートの両裾を持ち上げると、小さく頭を下げてきた。

「無限神教の教皇――シャーリー・ミロライドとは私のことですわ。このメイド服は、正体を悟られにくくするための隠れ蓑だとお思いくださいな♪」

「か、隠れ蓑って……」

たしかにメイド服を着ている以上、誰かに仕えていると考えるのが自然だからな。

まさか何かしらの組織のトップに立っているなんて夢にも思わないし、実際、俺もそうだった。

「それで……なんのご用件でしょうか。その様子だと、何か伝達事項もありそうですが」

「は……！　お察しくださりありがとうございます！」

信者たちは俺たちの前に跪くと、そのまま報告を始めようとする。

その際、シャーリーは無言で俺に頷きかけてくれた。このまま報告を聞いてもいい、ということだろう。

「現在、早くもルズベルト帝国が動き出しておりまして……！　国境付近に用意していた戦力をまだ引き揚げず、そのまま国境を越えようとしているようです！」

「……そうですか」

信者の言葉を、シャーリーは静かに受け止めるのみ。

とりたてて慌てるふうでもなく、今後の情勢について真剣に考えているようだった。

ルズベルト帝国といえば、フェルドリア国王とフレイヤ神によって、一時滅亡の危機に陥った国だからな。

――善良な国民の諸君!!　先ほどの件について、早くも続報を届けられることになった！　我らフレイヤ神の聖なる鉄槌を、あろうことか蛮行だと評する国が現れたのである！――

――その国というのが、なんとかの隣国……ルズベルト帝国である。かねてからルズベルトとは余も友好関係を結ぼうと模索してきたが、それを拒否され続けてきたのは周知の通り。隣国でありながら、まだ古い歴史観に縛られていることの証左である！　よって決めた。そのルズベルト帝国をも、余の手で消滅せしめることを!!


先ほどフェルドリア国王は、ルズベルト帝国をこのようにこき下ろした。

ただでさえ微妙な関係が続いている隣国に対し、このような声明を発してしまっては、帝国内でも波乱が巻き起こるのは自明の理だろう。

「シャーリーさん。俺もうっすら聞いたことがありますが、帝国では強硬派の勢力が大きいとか……」

「ええ。おそらくはこの機に乗じて声をあげているのでしょうね」

いくら不穏な関係が続いているルズベルト帝国であっても、国民の全員が、ヴァルムンド王国を敵視しているわけではない。

今までの不仲を取っ払い、新しい関係を築こうとする勢力——穏健派。

反対に、徹底的にヴァルムンド王国を排除しようとする勢力——強硬派。

貴族を中心にこの二つの派閥に分かれているのだと、かつて聞いたことがある。

しかし残念ながら、この二つのなかで強いのは強硬派。

ヴァルムンド王国とは相容《あいい》れることなく、敵対し続けようとする勢力のほうが強いのである。

そしてそのなかで、先のフェルドリア国王の声明が世界中に発信されてしまった。

穏健派の主張は押しつぶされ、強硬派の意見を良しとする風潮が漂っているのは想像に難くない。

「…………」

シャーリーはしばらく考え込んだのち、再び信者に視線を向けて言った。

「それで、ヴァルムンド王国はどんな動向を？」

「こちらは正確にはまだわかりません。ですがおそらく、フェルドリア国王の逮捕を世界中に知らしめ、ひとまずはルズベルト帝国の矛先を収めようとするのではないかと……」

「……そうですね。ヴァルムンド王国にはそれしかないでしょう」

ヴァルムンド王国とルズベルト帝国の戦力は拮抗《きっこう》している。

だから仮に攻め込まれたとしても、一方的に負け続けることはないと思われるが——。

現在のヴァルムンド王国は、フェルドリア国王が暴走を起こしたことで、国民にも不安が広がっている状況だ。指揮系統も整っていない状態で侵攻されてしまっては、さすがに勝ち目はないだろう。

ゆえにフェルドリア国王の逮捕を世に公表することで、強硬派の意見を抑え込みたい。

たしかに現段階では、それしか打つ手はないだろう。

「……はぁ」

一連のやり取りを聞いて、俺は思わず嘆息してしまう。

やはりフレイヤ神を倒したとて、それで世界に平和が訪れるわけではなさそうだ。むしろこれが大きな火種となって、さらなる事件に発展していく可能性が高い。

——文字通り、この一連の騒動はまだ何も終わっていない——。

「わかりました。私のほうでも状況を見定めたいと思います。……もう下がっていいですよ」

「はっ！　失礼致します！」

信者たちはそう言って再び一礼をすると、そそくさと部屋から退室していった。

その無駄のない動き、おそらく戦闘の経験もそこそこ積んでいるのだろうと俺は推察した。

「……アルフ様、これでご理解いただけたかと思います。フレイヤ神はたしかに強大な相手でしたが、恐ろしいのはむしろ、ここから先のことでしょう」

「はい。痛感しましたよ」

あの時フレイヤ神を倒したのが間違っていたとは思わない。

俺たちが何もしなければ、少なくともルズベルト帝国の国民たちは大勢死んでいたからな。

たしかにヴァルムンド王国は世界随一の大国になっていたかもしれないが、そんな未来が正しいわけがない。

しかしこれはこれで、厄介な方向に世界情勢が動いているのは疑いの余地もなかった。

★邪神を打ち倒したことにより、チートアビリティの一つが覚醒しました。

◎現在使えるチートアビリティ一覧
・神聖魔法　全使用可
・ヘイト操作
・煉獄剣の使用可
・無限剣の使用可
★管理画面《ステータス》の表示
★攻撃力の操作

「こ、これは……？」

ふいに視界に表示された文字列に、俺は思わず目を丸くする。

フレイヤ神を倒したことで、一気に二つの能力を獲得したのだと思われるが……。

またしても、その能力名がまったくもって意味不明だ。

まず一つ目の《ステータス》。

これが実際に何を意味するのか、はっきり言って全然わからない。

能力名から察するに、なんらかの画面を表示させるものだとは思うけどな。現時点ではそれがどう強さに繋がるのか、なんのメリットがあるのか、まるで見えてこない。

一方で《攻撃力の操作》はなんとなく伝わってくるな。

俺の攻撃力を上げられるのか、もしくは下げられるのか……。

その上で、どれだけ操作の振れ幅があるのか……。

実際に使ってみないことにはわからないが、操作の上がり幅によっては、これもまたぶっ壊れ能力になりそうだ。

「アルフ様、どうされたんですか？　何やら難しい顔をしておられますが」

「あ、ああ……。すみません」

小首を傾げながら訊ねてくるシャーリーに、俺は思わず苦笑しつつ答える。

「どうやら、また新しい能力を取得したみたいで……。たぶん、フレイヤ神を倒したことが引き金になったんでしょう」

「なんと……。そうですか……」

すると今度は、シャーリーのほうが難しい表情を浮かべる。

「以前の模擬戦の時、アルフ様は剣も魔法も扱える実力者でした。……そうして複数の力を使えるのは、もしかして《∞の神》様のお力が……？」

「はは……。はい、そうかもしれません。まだ詳しいことはわかっていませんが、戦闘に勝利する度、俺はいくつもの能力を取得してきました」

「なるほど……」

自分のスキルを誰かに教えるなんて、今までの俺だったら絶対にできなかったけどな。

けれど、事態は世界全土を巻き込む大騒動に発展している。

ここで自分の都合を優先することなど、俺にはできなかった。

——もちろん、気を許した者以外には口外するつもりはないけどな。

「もしかすればアルフ様は、これから森羅万象を操れるようになるのかもしれません。かつて無限の力を司っていたという、《∞の神》様と同じように」

「いやいや……まさかそれは……」

口ではそう否定してしまったが、たしかにそれはありえる話だ。

この《∞チートアビリティ》は、ごく短い間であまりにも急速に成長しすぎている。

「《∞の神》様が残した世界を平和にするためにも、私たち無限神教にも動き続ける使命がありま す。——どうか今後のことを、密室で話し合わせてください」

そう言って、シャーリーはさらに奥の部屋へ俺を引っ張っていくのだった。

あとがき

こんにちは、作家のどまどまです。

この度は数ある書籍の中から《∞チートアビリティ》をお手に取ってくださり、本当にありがとうございます！

本作は元々「小説家になろう」に投稿していた作品ですが、ありがたいご縁をいただいて、こうして出版させていただくことになりました。

個人的にも思い入れのある作品だったので、とても嬉しく思います。


さて。

私が初めて商業出版を果たしてから早いもので五年近くになりますが、ライトノベルを取り巻く環境はこの間だけでも大きく変わってきていると思います。

以前までは流行していた「追放モノ」は少しずつ鳴りを潜め、ノベルよりもコミカライズが人気を出し始めたり、異世界恋愛が流行《はや》り始めたり、ウェブでは「ダンジョン配信モノ」なるジャンルがランキングの上位を占めたり……。

少しチェックをサボっていただけで置いていかれるような状態ですので、日々勉強の毎日だなと感じています。

でも、それが面白い。

それが楽しいんです。

読者さんに面白がっていただけるような物語を日々研究しつつ、時には悩んで、面白い展開を思いついたらただ一人で興奮して……。

決して「楽しい」ばかりの毎日ではありませんが、これが昔から憧れていたライトノベル作家なんじゃないかなと思います。

もちろん、まだまだ未熟な点はあります。

デビューして五年経った今でも、勉強不足な点を痛感している毎日です。

それでもより面白い作品を書けるよう尽力していきますので、今後ともどうぞ、私どまどまをよろしくお願いします。

また本作を読んでいる方にラノベ作家を目指している方がいましたら、諦めなければきっと夢は叶うと思います。夢が叶った暁には、私あてのX（旧ツイッター）にご報告だけでもしていただけるとめちゃくちゃ嬉しいです。

自分の夢を叶えるのはもちろんですが、他人の願いが叶った瞬間も嬉しいですからね。

最後にはなりましたが、素敵なイラストで本作を表現してくださったイラストレーターのyu-ri様、そして本作を担当してくださった編集様、そしてこの書籍を手に取ってくださった読者の皆様に感謝の気持ちをお伝えし、このあとがきを締めたいと思います。

皆様、本当にありがとうございました。

どまどま

BKブックス

外れスキルだからと追放された
《∞《むげん》チートアビリティ》が強すぎて草も生えない件

～偶然助けた第三王女にどちゃくそ溺愛されるし、
前よりも断然楽しい生活送ってます～

2024年1月10日　初版第一刷発行

著　者　どまどま
イラストレーター　yu-ri《ゆーり》

発行人　今 晴美

発行所　株式会社ぶんか社
〒102-8405　東京都千代田区一番町29-6
TEL 03-3222-5150（編集部）
TEL 03-3222-5115（出版営業部）
www.bknet.jp

装　丁　AFTERGLOW

編　集　株式会社 パルプライド

印刷所　大日本印刷株式会社

ISBN978-4-8211-4678-9